DOLOROSA SOROR

Florence DUGAS

◆

Dolorosa soror

récit

Collection dirigée par Franck Spengler

ÉDITIONS BLANCHE
36 rue Fontaine
Paris 9ᵉ

« … Je vous ferai pleurer, c'est trop de grâce
parmi nous. »
Saint-John Perse, *Amers*.

PROLOGUE

Si je l'aimais ? Aucun travail de deuil, pas même ces pages où je la ressuscite, ne saurait me faire oublier ses mains ou sa bouche, ne saurait me faire admettre son départ. M'aimait-elle ? Est-ce que l'on aime ceux qui vous aiment ? D'où venait-elle ? JP me l'avait amenée, un soir, à ma demande, pour la photographier. Où est-elle ? Sa mort nous a séparées, ma mort ne nous réunira pas. Et moi, où suis-je ?

L'enfer, disent-ils...

Femmes damnées, et très damnées.

Il m'arrive, trop souvent, dans la rue, de reconnaître devant moi sa silhouette élancée, cette façon particulière de marcher en dansant, une épaule très ronde qui se dénude sans cesse, parce que le tissu glisse sur la peau — elle le ramène patiemment vers le cou, dans un mouvement plein d'harmonie —, et l'ondulation des cheveux sur les épaules... Et, quand je vais arriver à sa hauteur, un accroche-cœur presque blanc à force de blondeur qui tremble sur une joue pleine, promesse de fesses rebondies... Je presse le pas, je la dépasse et ce n'est pas elle, bien sûr. Il n'y a que dans les livres que l'on revient d'entre les morts. Eurydice, je pense à vous... L'illusion, et la déception, c'est tout ce qui me reste pour être encore avec elle. Ma façon à moi d'être toujours à elle. D'être elle.

Chapitre premier

SEPTEMBRE

J'ai d'abord fait de mon mieux pour aimer les hommes comme les femmes sont censées aimer les hommes — par conformisme. Quand je dis les hommes, il n'y en eut jamais que deux, je n'ai pas le goût des collections, et par épisodes, je n'avais pas le goût de la répétition. Aimer, dit-elle ? A dix-neuf ans, qu'est-ce qu'on sait de l'amour ?

Puis il vint, je raconterai cela tout à l'heure. Je suivais des cours à la fac, parallèlement à mes activités théâtrales. Il avait dans la voix des intonations passionnées et distantes. La distance surtout m'a plu.

M'aime-t-il, lui ? Il joue, il m'a appris à jouer — metteur en scène de ma vraie vie[1].

---

1. Soyons clairs : je fais du théâtre autant pour me chercher que pour me dire — comme les masques de carnaval : ce n'est jamais « pour rire ». JP se met sans cesse en scène. C'est assez dire qu'il se cherche sans trêve, et que son assurance (qui confine au détachement, ou à la froideur, comme on le verra) n'est, à tout prendre, qu'une demande. Si nous nous aimons encore, c'est qu'alternativement l'un des deux regarde l'autre de la coulisse.
A l'exception des lignes ci-dessus, toutes les notes, dans les pages qui suivent, sont l'œuvre de JP, à qui j'ai demandé de réagir comme il l'entendait à la lecture de ce récit. Je n'ai rien censuré de ce qu'il a écrit. Mais je m'interroge encore sur ce qui l'a poussé à glisser une note ici plutôt que là...

J'essayais jusque-là de me prendre au sérieux dans mes amours fugitives. Bovary dérisoire, je me tenais depuis quatre ans le discours de la sentimentalité — je n'y croyais pas moi-même, pas assez en tout cas pour jouir quand mes petits bouts d'hommes m'enlaçaient.

C'est une sensation commune à bien des filles, à trop de filles : elles s'apportent toutes seules bien plus de plaisir que ne leur en procurent leurs mâles incertains. Elles en arrivent même à se sentir coupables, d'ailleurs, d'être si peu réceptives à toutes ces maladresses, tant on les a persuadées que du côté de la barbe est la toute-puissance[1]. Elles essaient de prendre sur elles, d'y mettre du leur. Le résultat, c'est que les garçons jouissent encore plus vite — et elles restent plus souvent en rade...

J'étais comme les autres : j'imputais à ma maladresse ce qui n'était que le reflet de mon dégoût — ou de mon ennui.

Avec JP, dès la première fois, je ne me suis jamais ennuyée.

Au fond, j'étais déjà homo avec lui. Pas encore lesbienne, mais tout à fait pédé.

Je veux dire... On prétend toujours que l'on a en soi l'autre sexe. Il y a de ça : je suis avec JP comme un jeune garçon qui aime les garçons — comme plus tard avec Nathalie je fus comme un garçon qui aime les filles.

Pourquoi mes parents m'ont-ils faite femme ? Une minuscule erreur de programmation, une vie entière à ne pas s'en remettre.

JP a des ressources étendues de féminité — une féminité de gouine dure.

Joli couple...

Nathalie, elle, était fille avec les filles et avec les garçons. Putain ouverte aux uns comme aux autres. Soumise à tous les caprices. D'une ingénuité presque

---

1. Le récit de Florence est constellé de citations théâtrales, reflets sans doute de sa formation, de rôles appris pour la scène et revenant en force dans la vie.

animale dans la perversion.

Il n'y avait rien de tordu ni même de pensé dans ses goûts : comme un arbre qui supporte avec un même élan les caresses et les brutalités du vent.

Enfin, c'est ce que je pensai d'abord. Par la suite, je compris qu'il y avait en elle un désespoir monstre, une faute éclatante dont aucun excès ne pouvait l'absoudre ni la détacher. Elle n'était objet que par excédent d'âme.

*
* *

Dès que nous nous sommes parlé, JP et moi, dans le couloir du quatrième étage de la fac, un jour d'inscriptions, nous nous sommes reconnus.

J'avais à l'époque un amoureux attitré, un garçon de mon âge, avec lequel j'avais couché trois fois, la première pour voir, la deuxième pour me convaincre, la troisième pour m'en détacher.

Il passait des heures à me caresser du bout des doigts, à m'embrasser dans le cou, à me dire qu'il m'aimait. Indicible ennui... J'aurais aimé qu'il me prenne rapidement, brutalement, surtout qu'il ne cherche pas à me faire jouir — prétention insupportable de la plupart des hommes qui pensent que cela les absoudra de leur égoïsme...

Il m'appelait toujours, m'entretenait de ses sentiments décalqués[1], me suggérait des concerts louches dans des banlieues tordues et n'agitait plus mes rêves.

JP était fort différent. Il était plus vieux — le double presque de mon âge. Il était arrivé à un point d'ironie qui

---

1. Florence a très tôt souffert de ce que j'appellerais l'effet-citation. Derrière chaque phrase, chaque attitude, elle croit déceler du texte, des emprunts arrogants, sans guillemets. Les mots d'amour mis bout à bout, comme un centon sans fin. Les gestes, comme des souvenirs de scènes écrites par d'autres, pour d'autres.

lui mettait dans l'œil deux lueurs combinées, sarcasme et autodépréciation. Il rassurait et inquiétait à la fois.

On savait qu'il saurait quoi faire. On redoutait ce qu'il serait capable de faire.

En cours, nous avions assez sympathisé pour qu'il me sacque. Ainsi que je devais plus tard m'en apercevoir, c'était sa technique d'approche la plus habituelle. J'en avais bêtement conçu de l'humeur. Nous nous rencontrâmes un jour, en début d'après-midi, il m'offrit un café, me proposa de poser pour lui, trois jours plus tard nous couchions ensemble.

Il vint chez moi vers six heures, un joli jour de septembre, avec du champagne acheté frappé et tout un matériel photographique dont il ne se servit pas ce jour-là, mais qu'il installa soigneusement, entre deux gorgées de champagne, et laissa à demeure. J'étais assise sur le grand lit de métal nickelé qui occupait presque la moitié de mon studio. Nous avons trinqué…

Un peu plus tard, il m'a regardée comme s'il me voyait pour la première fois et m'a très poliment demandé de me déshabiller. Lui-même est resté dans ses jeans et sur son quant-à-soi.

Il régnait sur Paris un bel arrière-automne presque trop chaud. Je suis restée immobile, nue au milieu de la pièce, la paume des mains moite, la plante des pieds aussi, même pas rafraîchie par le carrelage froid. Ne sachant que faire de mes mains — moi qui apprends à tant d'autres quoi en faire sur scène — je les ai mises sur les hanches, tout en rejetant les épaules en arrière. C'était grotesque. Il s'est levé et il est allé fermer la fenêtre. Les bruits de la rue ont cessé d'un coup, et sa voix m'a paru anormalement forte dans le silence soudain.

— Etends-toi sur le lit. Sur le ventre. Le visage vers la fenêtre.

Presque soulagée de pouvoir enfouir mon visage dans les oreillers…

Je l'ai entendu ouvrir son sac, je l'ai senti se pencher sur moi. Il a pris doucement mes mains et les a attachées, l'une après l'autre, aux barreaux de la tête de lit, avec de fines courroies de cuir amenées tout exprès. Il a vraiment serré, pour me faire comprendre que ce n'était pas seulement un jeu, et mes doigts se sont brièvement ouverts et refermés, comme des pattes de poulet. J'ai su alors ce que je savais déjà : quelque chose de différent allait envahir ma vie.

Pas un instant il ne m'est venu à l'idée de protester, parce que je me sentais étonnamment libre de tout refuser, et donc tout à fait libre d'accepter.

Il me caresse la nuque et les épaules, m'embrasse longuement. Ses lèvres dessinent des parcours sur mon dos, sa langue suit la longue dépression vertébrale, s'insinue entre mes fesses. Il revient mordre mes épaules et la nuque, comme si j'étais un petit chat. Puis, à nouveau, la redescente vers mes reins.

A pleines mains il m'écarte les fesses, et je me contracte d'abord ; puis le sentiment du ridicule, combiné au désir qui me griffe le ventre, m'encourage à m'ouvrir.

Sa langue suit doucement le sillon, insiste sur l'anus, s'y insinue, revient et part plus bas entre mes cuisses écartées. Je me sens trempée comme je l'ai rarement été entre les mains d'un homme. Il me fouille le sexe, ouvre mes lèvres qu'il roule doucement entre ses doigts, sa langue part investir mon clitoris, tout en bas, ses cheveux balaient mes cuisses. J'ai un spasme, et je m'offre davantage encore.

Il m'a léchée jusqu'à ce que je jouisse. Il m'a léchée, sucée, mordue, griffée, effleurée, malmenée, il a enfoncé ses doigts dans mon sexe, les a longuement irrigués, a caressé de nouveau mon cul de ses phalanges trempées, et les a enfoncées, un doigt, puis deux, puis trois. Je ne me serais jamais crue si facilement ouverte. De la main droite il me caressait les seins, écrasés contre la couette.

J'ai joui et il s'est relevé, son pouce encore enfoncé dans mon vagin, ses doigts jouant toujours avec mes lèvres et mon clitoris. J'ai tiré sur les liens de mon poignet comme une grenouille décérébrée. Je l'ai supplié d'arrêter.

Il était resté étrangement distant, comme si ses caresses ne le concernaient guère — comme s'il manipulait les boutons d'une mécanique dont il devait deviner le fonctionnement sans posséder son mode d'emploi.

J'aurais dû le détester de me traiter ainsi. Au contraire, je lui suis reconnaissante de m'avoir épargné et les guirlandes des sentiments, et les manifestations masculines d'auto-satisfaction. Je me sentais à la fois objet et énigme — comme un texte écrit dans une langue difficilement déchiffrable.

Il est assis à côté du lit, toujours habillé, et me caresse encore, comme distraitement, la nuque et le dos. Ses doigts glissent vers mon visage enfoui dans les oreillers, trouvent ma bouche, roulent entre mes lèvres. « C'est donc cela, mon odeur ? » pensé-je.

Il pose ses deux mains sur mon cou et détache la longue chaîne dorée à laquelle pend l'alliance de ma grand-mère — tout ce qui me reste d'elle. J'ai tout de suite su ce qu'il allait me faire, et j'en ai été bouleversée.

Il replonge une main vers mon sexe et joue avec, enfonçant une phalange, pinçant légèrement les petites lèvres, tournant autour de mon clitoris. Il trempe son pouce dans mon vagin, puis me l'enfonce dans le cul.

Il y a comme une suspension du temps, juste assez pour que je m'habitue à sa caresse et que je m'ouvre davantage. Puis un sifflement rapide, et la chaînette qui me cingle les fesses.

Une douleur violente, nouvelle, quelque chose qui ne me rappelle rien de connu, et qui pourtant m'évoque quelque chose. Une brûlure de trente centimètres, dont la chaleur se diffuse rapidement autour de la ligne d'impact. Et tout aussitôt un second coup. Puis un troisième.

J'ai cessé de retenir mon souffle et j'ai crié. Pas protesté : simplement crié, le cri de la chair malmenée. J'ai eu beau essayer de me retenir, par orgueil, tenter de compter les coups, pour me détacher de la scène… Après, très vite, j'ai pleuré, les cinglons se suivaient, de mes reins à mes cuisses, tous parallèles, et je n'étais plus que cette douleur qui m'occupait tout entière. Je l'ai supplié d'arrêter sans en penser un mot[1].

Bien sûr, je me suis demandé pourquoi je le laissais faire, pourquoi je tendais même les reins vers le coup suivant, pourquoi je me sentais ridiculement fière d'être ainsi déchirée. Je ne savais alors que répondre. Je pleurais parce que j'avais mal, mais aussi parce que sous cette douleur précise, je sentais remonter en moi, à chaque fois, tout un cloaque d'angoisses englouties sur lesquelles il faudrait bien, un jour ou l'autre, que je m'explique avec moi-même. Et j'ai sangloté, cette première fois, comme quand j'étais petite, à ne plus pouvoir m'arrêter, les larmes appelaient les larmes et appelaient les coups.

J'ai soudain réalisé qu'il avait cessé, et que je n'étais plus qu'une vaste brûlure qui m'inondait le milieu du corps. La seule sensation isolable était celle des lanières à mes poignets.

Il y a eu un grand poids, sur le lit, entre mes jambes écartées. Il s'est penché sur moi, sans peser, a écarté mes fesses, d'une main… Il a posé le bout de sa verge sur mon anus et l'a forcé, lentement, pour que je sente bien à

---

1. Quand je compare ces premiers jeux à ce que depuis je lui ai fait subir, ou à ce qu'elle a infligé elle-même à Nathalie, parler de douleur à propos de cette première expérience me semble très exagéré. Florence écrit curieusement comme si c'était la première fois, comme si elle recopiait, sans tenir compte de la suite, une sorte de journal tenu au jour le jour. Comme si elle ignorait, au moment où elle rédige ces lignes, qu'elle serait plus tard fouettée jusqu'au sang. Comme si elle ne se rappelait plus que parfois, alors que nous ne nous étions vus que pour des motifs fort avouables — le travail par exemple, lorsque nous mettions ensemble au point le texte et la scénographie de l'*Œdipe* de Sophocle qu'elle voulait alors monter — je lui demandais de relever sa jupe, avant de partir, pour la marquer à la cravache ou au nerf-de-bœuf, afin que ces marques lui tiennent compagnie jusqu'à notre prochaine entrevue. Juste pour qu'elle se retrouve dans l'escalier ou l'ascenseur, dans la rue, avec sous le tissu léger de ses vêtements ces brûlures dont elle avait à chaque fois l'impression que tout le monde les voyait — sentiments mêlés de gêne et d'infini orgueil — et la rue passait, indifférente.

chaque instant à quel don de moi il me contraignait.

Je n'avais jamais été sodomisée. Ses doigts mêmes, tout à l'heure, m'avaient horrifiée, sans que je puisse m'en déprendre.

Il y a eu ce moment terrible où le bourrelet du gland s'est foré un passage — un instant de répit avant qu'il pèse plus lourd et me laisse vaincue, et humiliée et fière d'être ainsi vaincue. Et j'ai senti la barre de chair métallique s'enfoncer verticalement, toujours plus loin.

Un vagin a un fond. Un homme qui vous baise, sauf s'il est taillé Tom Pouce, arrive rapidement au bout. La posture même que vous adoptez précipite encore les événements — vos jambes à son cou, sa queue au fond de vous. Et il ne peut aller plus loin, même s'il semble le croire à chacun de ses coups de reins ravageurs, même si vous vous ouvrez plus qu'à aucun autre. Un vagin, c'est une impasse. *Dead end.*

Un cul n'a pas de fond. Aussi longuement membré que soit l'énergumène qui s'y agite, il reste toujours en vous des espaces libres et avides, des profondeurs celées, un mystère. Il était mieux bâti que mes deux amoureux précédents — et que pas mal d'autres. Et il s'enfonçait en moi comme s'il voulait m'atteindre le cœur. Je me suis cambrée, les reins exhaussés, pour qu'il aille plus loin.

Empalée. J'ai été depuis offerte à des membres autrement vigoureux, mâles masqués anonymes, qui s'enfonçaient interminablement entre mes fesses, jusqu'à ce que leurs poils frottent ma peau, plantés en moi, dans un espace où croupissent des matières inavouables — perdus en moi comme s'ils devenaient miens. Mais aucune de ces chevauchées forcenées ne m'a fait éprouver cette sensation première, inédite, d'une exploration des espaces vierges de la carte de mon corps.

Enculée : quel autre mot ? J'ai eu la vision très nette de cet abricot de chair dure perdu dans l'obscurité de mes organes, j'ai anticipé le moment où son plaisir jaillirait, blanc et crémeux et chaud dans cette caverne étroite [1]. La sensation de brûlure sur ma peau déchirée s'est mêlée aux glaces en fusion de mon ventre, et j'ai terriblement joui. Mon anus s'est crispé autour de sa verge comme une main, je l'ai retenu au plus profond de moi — volupté de le sucer avec les fesses, pour ne rien perdre du pieu qui me poignarde...

Plan suivant : il est penché au-dessus de moi et me détache. Je l'entends s'éloigner vers la salle de bains. Bruits de douche.

Je suis anéantie. Liquéfiée. Je me suis aperçue, après son départ, que j'avais sans doute un peu pissé en jouissant, le lit était trempé.

Il est revenu, déjà rhabillé — s'était-il déshabillé, d'ailleurs, sinon pour prendre une douche ? Il a pris ma tête entre ses mains, et m'a embrassée délicatement sur le front, les yeux et les lèvres. Nous avons échangé quelques propos anodins et complices, il me photographierait une autre fois, disait-il. Il est allé vers la porte, je l'ai suivi, je l'ai embrassé, les seins frémissants contre son blouson de cuir froid, il a glissé sa main entre mes cuisses, j'ai eu du plaisir à lui montrer à quel point j'étais trempée. Je me suis agenouillée, très vite j'ai défait son pantalon, j'ai pris toute sa queue demi-bandante dans ma bouche.

Plaisir de le sentir se tendre. La boucle de sa ceinture défaite frotte contre ma joue. Ses mains se crispent dans mes boucles courtes. Pour la première fois de ma vie, j'ai

---

1. Autoscopie interne, disait-on autrefois. Florence visualise très souvent l'intérieur de son corps, ces jets crémeux qui tapissent des membranes pourpres, mises à vif par la queue qui les laboure. Un jour où sept ou huit hommes à la suite avaient joui dans sa bouche, comme elle le raconte plus loin, elle me raconta qu'elle avait positivement vu son système digestif assimiler ces sucs nouveaux et se gorger de protéines mâles.

du plaisir à avaler du sperme. Il est parti peu après.

J'allai dans la salle de bains.

A part mes yeux ravagés de rimmel et mes lèvres mouillées, rien ne se lisait sur mon visage. On peut donc être si totalement transformée et que rien ne s'en reflète ? J'avais de vilaines marques rouges aux poignets.

Je me retournai, arrangeai de mon mieux les miroirs, celui de la porte du petit meuble, et le miroir rond, orientable, au-dessus du lavabo. De la taille aux genoux, j'étais toute zébrée de lignes violettes qui se chevauchaient, se prolongeaient l'une l'autre, se confondaient. Plus visibles sur les fesses que sur les cuisses ou le dos, parce qu'en ce mois de septembre, j'avais encore des souvenirs de bronzage et de maillot de bain. Je comptai une quarantaine de lignes parallèles. Chacune venait comme en surimpression, une note manuscrite sur la marge d'un livre, la peau légèrement soulevée, tuméfiée, avec un point toujours plus marqué là où avait frappé le fermoir de la chaînette.

Ai-je dit qu'il me l'avait remise au cou avant de partir ? Je me regardai de nouveau de face. L'alliance d'or jaune, d'un jaune d'or ancien, ballottait bien entre mes seins, comme d'habitude.

A cet instant, pour la première fois, j'éprouvai cet étrange orgueil d'avoir été frappée et marquée, ce sentiment que j'ai depuis éprouvé à chaque fois, quand le miroir me renvoie l'image de ma chair entamée. Dès le lendemain la douleur était passée. Ne restaient sur ma peau décorée que ces témoignages géométriques. Dans les jours qui ont suivi j'ai observé avec un curieux appétit, et avec détachement aussi, les traces qui s'estompaient lentement — bientôt ne subsistent plus que quelques points bleuâtres, puis de nouveau la peau immaculée qui semble réclamer un nouvel hommage.

Il me rappela huit jours plus tard.

Chapitre II

OCTOBRE

— Flo ? Tu es libre ce soir ?

— Je n'aime pas que l'on m'appelle Flo, dis-je.

Mais bien sûr, j'étais libre — libérée, même. Je veux dire que depuis huit jours je me sentais hors de cage, sortie d'une gangue d'enfance et d'angoisse, libérée du sucre des sentiments, prête à l'aimer, lui. Libre et esclave[1].

— Alors ?

— Oui, dis-je.

— Bien. Rendez-vous à dix heures, ce soir, devant l'entrée du jardin des Plantes, le rond-point à la sortie d'Austerlitz — le terminus des bus, tu vois ? Ah ! une chose : je voudrais que tu mettes un pantalon et un sweat. Le plus garçon possible. Rien d'autre. Ni slip ni soutien-gorge. Et que tu te lisses les cheveux en arrière, à la gelée.

Avec une raie sur le côté, on me prendrait presque pour le frère jumeau de Julie Andrews dans *Victor Victoria* : toutes les écritures de gauchers se ressemblent, tous les

1. Je dois dire que je l'ai loyalement prévenue que tout ce qu'elle éprouvait pour moi n'était qu'un leurre, un piège de sa mauvaise conscience, un échappatoire pour éviter de s'aimer, elle. Je l'ai voulue esclave, tout en lui répétant qu'à tout moment elle pouvait rompre un lien de vassalité qui ne dépendait que d'elle. Que je voulais que ce soit sa volonté qui la donne à moi, et non sa faiblesse, ou ce qu'elle appelait son amour.

travelos ont un air de famille. Je me regarde dans le grand miroir mural. Anticiper sur son désir ? Dans mes accessoires de théâtre, je retrouve une petite moustache fine qui m'a servi jadis à jouer Feydeau. Facile à coller. Coup d'œil dans le miroir : je suis bien le plus joli poulbot de Paname ce soir.

Il me prend la main, me baise le bout des doigts avec tendresse.

— Tu es parfaite, dit-il. Parfaite.

Et il m'entraîne. Nous traversons le rond-point en diagonale. Les voitures sont plus rares à cette heure. Et nous descendons au bord de la Seine, par une passerelle métallique, quai d'Austerlitz.

Il fait sombre, dans le parking semi-souterrain, désert à cette heure, au bord de l'eau. Les seules lumières — celles de la rive droite et des grands buildings d'affaires de Bercy — sont coupées par l'ombre portée des grands piliers de béton. Au fur et à mesure que l'on progresse vers le fond, ces ombres s'additionnent et la nuit gagne. Sauf que l'on s'y habitue.

Tout à la fois il semble savoir où il va, bien qu'il ait gardé ce pas de flânerie qui lui est habituel.

L'obscurité est peuplée de soupirs.

— Ça drague ferme, dit-il doucement.

Parfois, l'éclat bref et blanc d'un corps oppressé contre un pilier par une ombre plus noire agrippée à son dos.

Une lueur brève, la flamme d'un briquet, un type fume, seul, adossé à un mur. JP me serre la main et nous nous arrêtons sans bruit.

— Regarde, murmure-t-il.

Injonction inutile. Je ne suis plus que regard.

Deux jeunes gens — ils me paraissent vraiment très jeunes — passent devant nous, hésitent un instant, se dirigent finalement vers le grand type solitaire qui tire placidement sur sa cigarette.

Ils l'abordent, quelques mots étouffés, le type leur offre une cigarette, l'un d'eux accepte. A la lueur du briquet, je vois que mon impression première était la bonne : ce gosse n'a guère plus de quinze ans. Les joues plus polies que les miennes — à cause de ce léger duvet qui n'est pas encore une barbe et qui veloute la peau. Le type éteint son briquet, laisse sa main un instant suspendue, et caresse la joue imberbe du jeune garçon.

On les regarde discuter sans entendre. Soudain le type attire à lui l'un des jeunes gens et l'embrasse en lui écrasant la bouche. En même temps, il porte la main à son entrecuisse.

L'autre gamin se penche et ouvre le pantalon du type toujours collé à son pilier.

Les deux adolescents glissent à genoux et commencent à becqueter, lécher, grignoter et suçoter, à tour de rôle, l'objet de leurs délices.

Le type, calmement, allume une nouvelle cigarette. Il peut avoir trente-cinq ou quarante ans. Type méditerranéen dur. Cheveux très courts. Moustache. Une caricature d'homo.

Et cela dure le temps qu'il lui faut pour finir sa cigarette sans se presser. Il jette alors le mégot qui décrit une longue parabole dans le parking obscur, et agrippe l'un des deux gamins par la nuque, le soulevant jusqu'à lui.

L'autre en profite pour sucer à fond la queue qui lui est abandonnée.

Le type embrasse de nouveau sa proie, en aspirant ses lèvres puis ses joues, et entreprend de lui défaire son jean étroit, moulant, le lui descend à mi-cuisses, lui caresse la queue d'une main autoritaire. Enfin il se décolle du pilier et y plaque l'autre.

Le comparse toujours à genoux écarte les fesses de son copain et y amène la queue qu'il n'a pas lâchée, la remouillant encore de salive au dernier moment.

Le gamin contre la colonne a un soupir extasié en se cambrant à fond.

L'autre gosse se relève, défait à son tour son jean et se colle de lui-même contre le pilier à côté de son copain, le cul offert, tendu. Il reste ainsi une minute ou deux en se branlant doucement, pendant que l'autre gémit plus fort sous les coups de boutoir.

Le grand type s'écarte soudain du petit giton qu'il pénétrait, se décale à peine à droite et enfile ce second cul qu'on lui offre. Il donne une vingtaine de coups de reins, juste le temps de bien le dilater.

Puis il revient au premier.

Je suis horriblement excitée par la scène. JP a passé une main sous mon sweat et me caresse les seins, les griffe doucement, en tord les pointes, les allonge et les relâche, et les fait courir au creux de sa paume, le long de sa ligne de chance, comme dans la chanson.

— Quel effet ça te fait de peloter un jeune moustachu ? demandé-je.

Il a une sorte de rire bref.

— Prends-moi, dis-je dans un souffle. A dix mètres de là, le type repasse d'un cul à l'autre.

JP déboutonne mon pantalon. Sa main plonge vers mon sexe trempé. Il joue quelques instants avec tous ces désirs qui lui coulent entre les doigts, m'en humecte le cul et écarte mes fesses. A mon tour je suis plaquée contre une paroi de ciment qui a des relents d'urine, le visage vissé au béton, et enculée à fond. Cette fois-ci, j'ai eu juste un frémissement quand le bourrelet du gland a passé la ligne. Ma chair s'est-elle si vite habituée ? Je ferme les yeux. J'ai envie de le sentir jouir tout de suite, mais envie aussi d'être labourée longtemps.

Il y a soudain une voix très proche :

— Hey, man !

Puis :

— On se le fait à deux ?

Et la voix de JP, qui au même instant sort de moi :

— Ce petit pédé ? pourquoi pas ? Tiens, la place est chaude...

Sa main pèse sur ma nuque et me maintient épinglée à la paroi.

— Doucement, mec, doucement ! Prends ton temps... Et mets une capote...

Il y a un flottement. Des mains puissantes s'agrippent à mes hanches.

A nouveau cette vision extérieure à moi-même. Je vois,

comme si j'étais à trois mètres de là, mes fesses très blanches, seule lueur dans la nuit glauque de ce garage, et le dos d'un type que je ne connais pas, vers lequel on ne m'a même pas laissée me retourner.

Je sens la petite membrane caoutchouteuse du réservoir s'appuyer contre mes fesses. Et il s'enfonce.

Good gracious ! L'impression d'être de nouveau pucelle. Pas seulement l'appréhension qui me contracte : cela existe donc, des membres pareils ? Il remonte interminablement en moi. Je me plaque contre le pilier, comme pour fuir l'objet monstrueux qui me force et me défonce.

Dérision : où pensais-je aller ? Le type me donne un coup de poing violent dans les reins, pour m'obliger à me cambrer, me donner davantage. Dans le mouvement convulsif qui suit, il s'enfonce tout entier, les poils de son pubis viennent racler ma peau.

Je crie, je hurle même. La base de sa queue est si grosse que j'ai l'impression que mon anus explose. Je crie et je sanglote. Il commence à aller et venir, lentement d'abord, puis de plus en plus fort, plus vite, ramenant mes hanches vers lui à chaque fois qu'il s'enfonce encore. Je crie à chaque fois.

Et puis, lubrification de la capote ou non, il coulisse en moi de plus en plus vite, sans peine. J'ai un plaisir étrange, comme si je chiais à l'envers. Quand il est au fond de moi, je m'arc-boute pour m'offrir plus à fond. Je ne crie plus. Est-ce moi, le petit pédé qui gémit ? Les pensées se bousculent. Je comprends bien pourquoi JP a exigé qu'il enfile une capote. Mais je me désole de savoir que je ne sentirai pas son foutre me brûler les entrailles.

Juste un commentaire qui ne m'est pas destiné :

— Bordel, qu'est-ce qu'il est étroit ! C'est bon...

Puis tout se passe très vite. Il passe une main devant, pour me branler sans doute, tâtonne dans le vide...

Soudain il arrête sa queue, à mi-chemin. Il s'arrache à mes fesses, et je crie de nouveau, douleur et désespoir.

— Putain ! C'est une putain de nana !

Il se tourne vers JP :

— Va te faire mettre ! Je me retourne à demi. Le type

est un mulâtre de vingt-cinq, vingt-sept ans. Il écume de rage. Dans l'ombre, je le vois débander à vue d'œil. Même ainsi, sa queue lui arrive à mi-cuisse.

JP se penche vers moi et me remonte mon jean.

— Allez, viens.

Je me reboutonne. Il me prend la main. Le Noir, convulsé, lance son poing.

L'instant d'après, il est à terre, saignant vilainement de la bouche.

JP se penche, le prend par ses mèches afro et lui aplatit la gueule trois ou quatre fois contre le pilier de béton. Bruit d'os ou de dents éclatées. Le type est tout mou, maintenant. L'odeur du sang monte au milieu de la poussière de ciment et de la relents d'huile et de pisse froide du garage[1].

— Allez, viens, répète-t-il en me reprenant la main.

*
* *

Cette nuit-là, de nouveau, il me fouetta jusqu'au sang, avec une laisse pour dogue qu'il tenait fermement par la poignée de cuir tressée. Il me laboura le ventre et les reins, longuement, et me fit exploser de plaisir et de peur mêlés. A ma demande il vint jouir dans ma bouche, et je suffoquai sous le flot du sperme et les morceaux de merde accrochés à sa queue. Des larmes me jaillirent des yeux. Je l'entendis crier.

J'avalai tout ce qu'il me donnait, et le suçai encore et encore, grignotant sa bite, frottant mes lèvres à ses poils, m'interrompant pour le lécher et le reprenant le plus loin

---

1. Avais-je vraiment besoin d'être si violent ? Je ne sais pas au juste ce que je voulais punir. Une contre-image de moi-même, peut-être. Ou bien défoulais-je ainsi ce goût de violence qui m'habite (avec ou sans jeu de mots), et que je canalise, que je civilise lorsque je suis avec des femmes, à quelque traitement que je les contraigne…

possible, moulant ma bouche sur ce membre indéfiniment raide. Pour la première fois j'arrivai à sucer un homme à fond, au-delà de la glotte, avaleuse de sabre, aussi ouverte et disponible en haut que je l'étais à présent en bas. Il s'arracha enfin à mes lèvres, se coucha sur moi... Je repliai mes talons sur ses reins, me renversant le plus possible en arrière, saisis sa queue et l'introduisis moi-même dans mon cul. Puis, en quelques mouvements de doigts, je me fis jouir encore, et bien plus violemment que la première fois.

*
* *

Je restai un long moment éveillée, dans le noir, à ne pouvoir penser à autre chose qu'à cette queue anonyme qui m'avait si bien déchirée, là-bas, sur les quais. Etais-je vraiment de ces filles-là — tout pour la sensation, et qu'importe le type au bout de la bite ? Tout le corps me brûlait, et pas seulement là où le fouet m'avait déchirée. JP, à côté de moi, dormait profondément. Il avait le souffle léger, enfantin, insouciant. Je lui pris la main dans le noir, pour me rassurer, me prouver qu'il y avait entre nous autre chose que du sexe et du sang. Et la peur qui me mettait le cœur dans le ventre. J'entendais de nouveau le clapotis de la Seine aux berges du parking, le bruit du fleuve fendu par l'étrave d'une péniche, je revoyais les lueurs dansantes sur les eaux. Sois sage, ô ma douleur... Et à mon tour je m'endormis.

*
* *

— Tu les traites toutes comme ça ?
Il mord dans son croissant, boit une gorgée de café :
— Comme ça ?

— Comme moi…

Comme il m'a demandé de rester toute nue et que je suis couverte des marques violettes de la lanière, aussi bien de face que de dos, il n'a pas de peine à me suivre.

— Ah, ça ? … Non, bien sûr. Uniquement à la demande.

— Mais je ne t'ai rien demandé !

— Mais si, Florence, mais si ! Tout en toi le demande. C'est écrit sur ta peau, dans tes gestes. Dans tes yeux gris, toujours près des larmes. Dans tes baisers. C'est comme pour la sodomie, et tout le reste. Je le savais dès l'instant où je t'ai vue. Après, les premières caresses m'ont juste confirmé l'intuition première.

— Et alors ? Qu'est-ce qui est écrit dans mes yeux ?

Seconde pointe du croissant. Autre gorgée de café.

— Tu sais…

Il s'arrête un instant, semble chercher ses mots — le vieux truc de ceux qui ne cherchent rien du tout, mais qui veulent juste prendre le temps de mettre un mot, une phrase en valeur.

— Tu te rappelles cette vieille rengaine freudienne, nous avons tous en nous quelque chose de l'autre sexe ? C'est vrai, mais pas dans le sens que l'on croit. On peut être tout à fait hétéro et avoir en soi une bonne moitié de l'autre sexe — ça ne signifie pas que l'on est un homo refoulé, mais plutôt l'homo de l'autre sexe, justement. C'est mon côté gouine qui aime tes seins, ton sexe et tes lèvres. Et c'est mon côté mec qui aime ton côté pédé. D'ailleurs…

— C'est pour ça que tu m'as amenée là-bas hier soir ?

— Entre autres. Que tu saches une fois pour toutes que c'est ton petit cul de tante que j'encule.

— Tu es obligé d'être vulgaire ? Tu t'imagines que j'ai joui dans le parking ?

— Oui, pas mal, fait-il simplement en retournant à son croissant décapité.

Je rougis.

— Mais oui, continue-t-il, tu le voulais plus long, plus gros encore, et tu tendais ton dos pour ne pas en perdre une ligne…

— Arrête ! Tu es dégueulasse.
— Qu'est-ce que c'est dégueulasse ?
Un temps.
— Et est-ce que mon côté mec aime les mecs, ou les filles ?
— Les deux, mon capitaine !
Puis, soudain sérieux :
— Tu en veux une ?
— Une ?
— Une fille…

Je hausse les épaules, mais je ne dis pas non. C'est peu après que Nathalie est entrée dans la danse.

Chapitre III

Comment l'avait-il rencontrée ? A la fac, comme tout le monde. A l'occasion d'un cours sur des textes libertins du XVIIIe siècle, où chaque étudiant devait à son tour faire un exposé rapide connecté au thème. Elle avait choisi de parler de l'homosexualité dans la littérature des lumières. « Bonne idée, mademoiselle. » Je le vois d'ici, frétillant. Elle avait eu l'imprudence de ne parler que d'hommes, écrivains affectés du « petit défaut » ou « bougres de papier ». Alors, il n'y a donc d'homos que de Sodome ? Elle fut sauvagement sacquée, et elle dut repasser à la cession de septembre. Apparemment, elle ne lui en avait pas voulu, elle.

Il l'avait par la suite embauchée pour poser pour lui — c'était un hobby pour lequel il ne manquait pas de talent, non comme photographe (c'était l'appareil qui réalisait quatre-vingt-dix pour cent du cliché, et le reste était fruit du hasard), mais comme metteur en scène : pour obtenir la pose, l'expression adéquates, il racontait des histoires, vous y faisait participer comme à la répétition d'un film, et immobilisait soudain un moment du récit. Son but, m'avait-il expliqué trois fois sous des formes différentes, était de retrouver les sensations que tout enfant il éprouvait à regarder, exposées aux passants, les photos des films qui passait dans les salles. Il y allait alors fort peu, mais il imaginait, à partir de ces quelques plans souvent pris au hasard, tout un scénario délirant et baroque où les photos intervenaient dans un ordre précis pour raconter une histoire à lui, bien saumâtre.

Je dis baroque et saumâtre, car il me fit poser, moi aussi, et plus tard me montra les clichés de Nathalie — outre ceux que nous réalisâmes ensemble...

*
* *

J'habite un grand studio qui fut sans doute autrefois un petit deux-pièces. L'entrée donne directement sur une cuisine minuscule, comme on les fait à Paris. Puis on passe un chambranle sans porte, et on débouche dans un grand rectangle qu'une grande baie vitrée, au fond, sur le plus petit côté, éclaire suffisamment.

Des deux pièces originelles ne subsistent, au plafond, qu'une poutre recouverte de plâtre, et les moulures de feuilles et de fruits, typiques des années vingt. Au centre du plafond de la première moitié, là où était autrefois une pièce aveugle, subsistent d'autres moulures de feuilles et un anneau métallique, ultime trace d'une suspension disparue.

L'éclairage est dispensé par plusieurs projecteurs et halogènes.

Le lit est une copie des années vingt, le *modern style* dans ce qu'il a de plus géométrique, tête et pied de lit d'égale hauteur, composés de barres de laiton autrefois doré, mais usé (faussement, sans doute) par les ans.

Sur le lit, une couette, noire sur une face et rouge de l'autre.

J'ai repeint tous les murs en blanc, cassé à dix pour cent d'un rouge orangé qui donne à l'ensemble une vague lueur pêche. Sur un côté, un vaste miroir qui monte jusqu'au plafond. Près de la fenêtre, de l'autre côté du lit, un bureau et une petite bibliothèque.

Il y a peu de placards. Mon seul meuble de rangement est un vaste et authentique pétrin, mon seul luxe mobilier, transformé en garde-robe.

Au sol, des tommettes hexagonales, couleur pain brûlé — très belles, mais que je n'entretiens pas autant que je le devrais.

*
* *

M'aime-t-il ? Sans doute, sinon il ne me frapperait pas, et ne me donnerait pas. Quelque chose en lui jouit de voir une femme aimée baisée par quelqu'un d'autre. En revanche, il ne supporte pas de l'imaginer couchant, de sa volonté propre, avec un inconnu qu'elle aurait choisi. C'est qu'alors il ne provoque ni ne domine rien. Jeux de pouvoir : peut-être ne m'aime-t-il pas ?

Il m'a fait un jour une scène épouvantable parce qu'il n'avait pas pu me joindre trois jours durant — lui-même me laissait sans nouvelles de lui pendant des semaines entières. En fait, la combinaison malheureuse de ma grand-mère malade dans une lointaine banlieue et d'un répondeur en panne. Et où étais-je, et avec qui ? J'eus tant de plaisir à me sentir ainsi aimée — même si ce n'était qu'à travers son égoïsme et sa jalousie — qu'au lieu de parler grand-maman, je m'enfermai dans un silence plein de sous-entendus et de foutreries compliquées.

Il m'en punit, avec la sauvagerie et l'exactitude qu'il mettait à se passer ses passions. Nous avions acheté ensemble une cravache de dressage, une longue menace de cuir tressé fin. Il me marqua des mollets aux épaules, comme un zébu. Les cicatrices mirent plus de dix jours à s'estomper. Et chaque jour pendant cette période il vint, au petit matin, en coup de vent, juste pour jouir dans ma bouche — la chose au monde que j'aime le moins quand c'est une fin en soi[1].

En fait, il remarqua très vite que je chérissais l'idée de punition. Typiquement[2], il essayait tout à la fois de m'en guérir et il en jouait. « Mais de quoi diable es-tu coupable ? » La question mainte fois posée n'avait pas de réponse. Au plus fort de la douleur, je sentais parfois poindre une saveur étrange, une impression de déjà-vu, déjà-senti, sur laquelle je n'arrivais pas à mettre le doigt.
  — Peut-être, me dit-il un jour où j'évoquais avec lui cette sensation curieuse, peut-être devrais-je te battre jusqu'à ce que ça te revienne... Mais je pense que c'est à toi de faire l'effort, et que tu n'es pas prête. La douleur brise certaines résistances — comme la fatigue, ou le rêve, ou le harcèlement d'un psychanalyste mercenaire. Mais tes résistances sont encore trop fortes, il faudrait frapper trop

1. Je crois qu'elle (se) ment : il lui est arrivé de limiter ses contacts avec un homme à cette seule fantaisie, comme elle me l'a raconté : dans une voiture, juste au pied de son immeuble, avec un presque inconnu qui l'avait ramenée chez elle sans même s'imaginer une quelconque bonne aubaine, qu'elle embrassait distraitement, mais dont tout de suite elle cherchait la queue, vite dégagée du pantalon, vite sucée, rien que pour sentir son sperme lui couler dans la bouche, et ne pas en perdre une goutte, et puis l'embrassait de nouveau légèrement, et monter seule se coucher avec ce goût de foutre sur la langue. Et une autre fois dans un cinéma : un type qu'elle ne connaissait pas, assis à côté d'elle, mouvements de genoux, effleurements de doigts, et très vite le zip de la braguette et sa queue dans sa bouche. L'ouvreuse les surprit, braqua sa lampe, mais sans rien dire, juste pour la regarder le sucer, et l'éteignit, sans un mot, quand elle se releva, les lèvres brillantes, la bouche pleine. Elle partit avant la fin de la séance — sans doute n'avait-elle rien à dire à ce type. Dans le hall l'ouvreuse lui sourit. Elle était très jolie, et elle lui sourit aussi, comme pour lui dédier cette fellation impromptue.

2· Elle veut sans doute dire : de la manière typique d'un type...

longtemps, et je ne veux pas te tuer ni te mutiler.

— Merci, merci beaucoup !

— De rien. Mais je sais que tu cours après un souvenir, un souvenir éteint, enfoui. Quelque chose dont tu te sens coupable — sans l'être, bien sûr : les vraies culpabilités s'ancrent dans l'innocence.

« C'est étrange : je te frappe en sachant que je t'aide ainsi à retrouver la lumière qui fera que tu n'auras plus besoi, ni envie d'être frappée. Et moi alors, comment t'aimerai-je ?

*

* *

La douleur et l'humiliation : singulière thérapeutique…

Il arrive comme je sors de ma douche, badin et charmant ; je me serre toute nue contre lui — ma peau encore humide contre les gouttes de pluie de son blouson de cuir. Frissons.

Me dit de ne pas m'habiller.

Me fait mettre à quatre pattes, appuyée sur les coudes, les cuisses un peu écartées, au centre de la pièce. Dureté du carrelage. Je jette un regard en biais pour me voir dans le grand miroir. Grotesque et pitoyable. J'ai l'impression d'avoir les seins pendants de la louve romaine.

Avec des cordes qu'il a amenées tout exprès, il m'attache — me sausissonne — de façon que je reste dans cette position : les bras reliés aux genoux, les chevilles attachées à un radiateur, deux mètres plus loin, la tête prise dans une autre corde qui me menotte aussi les poignets, s'accroche au pied du lit et m'interdit de me relever. Une corde inutile, mais très serrée, fait une double boucle sur ma poitrine et mon dos en faisant jaillir mes seins comme des mains tendues entre deux barreaux de chanvre.

Il me laisse jeter dans le miroir un bref regard de biais pour me faire apprécier le cadeau ficelé, la chose offerte que je suis devenue, puis il me bande les yeux.

Il passe derrière moi et me badigeonne le sexe et l'anus de vaseline — intérieur et extérieur. Ses gestes sont d'une précision médicale et aucune excitation ne naît en moi. — Rien qu'une terreur absolue.

Il y a une série de petits déclics métalliques, puis l'éclair d'un flash passe sous le bandeau, et le bruit de guerre de l'appareil que l'on réarme.

J'ai encore ces photos de moi, et aujourd'hui encore je ne peux regarder sans une émotion indicible ces images d'une fille anonyme, un bandeau noir sur les yeux, la chair pressée de nœuds compliqués, soumise à toutes les attentes, le cœur dans l'estomac — l'image même de l'angoisse.

A quatre pattes donc, les fesses relevées par la position accroupie qu'il m'a fait prendre. Les cordes me scient la peau. J'entends la porte se refermer. J'appelle. Rien ne répond. Ma voix me semble étrange, curieusement cassée.

J'attends assez longtemps, j'ai très mal aux genoux. Les cordes sont serrées et tendues, et ne me laissent aucun jeu. je peux à peine respirer. J'essaie de faire glisser le bandeau de mes yeux en frottant ma tempe sur mon épaule, mais sans succès.

La porte de nouveau. Un bruit de pas qui claquent sur le carrelage. Mais ce n'est pas son pas. La certitude qu'ils sont deux au moins.

Une boule énorme dans le ventre. Les paumes moites sur le carrelage.

Des mains s'accrochent à mes hanches, une queue s'enfonce en moi, rapide et rectiligne, et vient buter au fond de mon vagin, durement — je ne peux m'empêcher de crier.

Eclair du flash glissant sous le bandeau. L'homme s'agite dans mon ventre. Presque aussitôt quelqu'un relève ma tête — la corde me scie la nuque — et une autre queue me force les lèvres.

Nausée.

Photo.

Je ne ferai pas le détail. Il m'a laissée ainsi attachée toute la journée — il ne me détacha qu'une fois, sans me débander les yeux, m'emmena faire pipi et me rattacha aussi fort. Il photographia sans relâche, en plans très serrés qui ne me permettaient pas d'identifier qui que ce soit ; juste mes fesses, mon ventre, ma bouche, et le ventre, les hanches et la queue des types qui me pénétraient.

Il avait dû leur fixer un certain protocole : une fois installés, ils éjaculaient toujours là où ils s'étaient enfoncés. Je bus ce jour-là plus de sperme que je n'en avais jamais avalé. Je fus beaucoup sodomisée. Cela aussi faisait peut-être partie du rite. Quelques-uns, plus rares, préférèrent mon ventre — assez nombreux pourtant pour que je sente, très vite, des filets de foutre me couler sur les cuisses.

Qui étaient-ils ? JP me montra les photos deux jours plus tard : de beaux tirages brillants en 13 x 18, et les couleurs nettes et franches d'une pellicule à grain fin. Au total, vingt-trois types m'avaient pénétrée ce jour-là. Certains ont du ventre, des poils bouclés sur des bedaines confortables, ou les muscles saillants. Peu de blonds. L'un d'eux a tous les poils gris. Leurs queues sont de toutes les formes et de tous les calibres. Il y en a quatre qui sont accrochées à des ventres très plats et imberbes, sans doute des adolescents, qui ont d'ailleurs tous choisi ma bouche. D'autres cambrées comme des bananes, ou tordues comme des ceps. Minces et grenues comme des saucisses d'Auvergne. Courtes et épaisses, gros fruits purpurins jaillissant du tronc...

Dans les films ou les magazines porno, on ne voit jamais qu'un modèle de bite, un calibre presque immuable, comme si un standard s'imposait aux scénaristes et aux castings — un peu comme les seins hypertrophiés, hyperréalistes, des stars féminines du *hard*, Barbie miracles de la chirurgie plastique.

Des queues de toutes les couleurs aussi. Des hommes à la peau très mate, dont le gland violacé vient me tutoyer les lèvres. Un Asiatique aux poils à peine bouclés. Trois Noirs très noirs — tous trois m'enculent.

Quelques photos ont été prises aussi alors qu'ils

venaient juste de se retirer, ou entre deux visites. Gros plan
sur mon visage, vite trempé de larmes — tous ces salauds
sont allés forer loin dans ma bouche. Gros plan sur mon
cul, l'anus ouvert, haletant comme une bouche de carpe,
incroyablement dilaté. Le sexe bâille comme un coquillage
renonçant à garder ses perles — des larmes de foutre
durcies par le cliché suintent de tous mes trous.

Il y a une extase de l'avilissement — un oubli de soi
dans le don de soi. Ces queues qui me pénétraient sans
cesse comme des machines, ces mains qui tiraient sur mes
fesses comme des écarteurs, ou relevaient mon visage, ces
doigts qui se crispaient sur mes reins ou mes épaules
comme des crochets contribuaient à mon hypnose. Je
n'étais plus moi — juste un sac à sperme, une sainte laïque
ravie de son martyre. Souvent quand on est avec un
homme on se prend à se demander ce que l'on fait là — et
pourquoi lui plutôt qu'un autre, et qu'est-ce que ce ridicule
balancement d'un fessier poilu contre un fessier blafard, et
cet acharnement à jouir — pour en finir plus vite... Mais
là, brûlée de bites, gonflée de foutre, j'atteignis un
détachement complet, une indifférence à moi-même qui
était juste le bonheur. Ce fut cet après-midi-là (en y
repensant, car je n'étais alors que pure sensation) que je
commençai à comprendre pourquoi j'aimais le fouet, la
cravache et les chaînes. Dans la douleur immense de la
chair torturée remontent toutes les petites douleurs, celles
avec lesquelles on vit, les douleurs occultées, les souvenirs
brûlants, les défaites consenties, les larmes ravalées, les
répulsions, la répugnance à vivre.

— Où les as-tu tous trouvés ?
— Oh, par là. Des passants. Un voisin — je ne te dirai
pas lequel. Quelques gosses qui traînaient dans un bar,
près du lycée, là derrière. Deux étudiants — le Chinois,
tiens. Et les ouvriers d'un chantier qui sont venus et ont,
après, appelé des copains. Non, aucun mal pour en trouver.
Beaucoup moins difficile de décider des inconnus que de
proposer la même chose à des amis qui me connaissent.
— Aucun refus ?

— Très peu. Un type qui est monté jusqu'ici et qui a reculé au dernier moment à l'idée de mêler son sperme à celui des autres. A ce moment-là, il faut dire, tu dégoulinais de foutre. Et un autre, qui pensait que toute l'histoire n'était qu'un prétexte pour que je le baise, lui, en même temps.

Presque tous avaient été trop rapides pour que je me mette au diapason. Pas un seul véritable orgasme en une journée d'orgie — mais presque mieux que ça : j'étais très vite montée sur une sorte de plateau de plaisir où chaque sensation nouvelle m'avait maintenue, assez intense pour me faire oublier mes muqueuses irritées par tant de va-et-vient successifs, mes coudes douloureux, mes genoux presque en sang.

Coup de chance sans doute : aucun de ces anonymes de la rue ne me refila une quelconque maladie. Ce fut la seule fois où JP me fit courir tant de risques — et en prit lui-même, car après m'avoir baignée, lavée et parfumée, tout ce qu'un maître doit à sa plus douce esclave, il me fit l'amour, tout en suavité, pendant une partie de la nuit. Je perdis assez la tête pour lui dire que je l'aimais, que je l'aimais, que je l'aimais, et pour le croire quand il me le disait aussi.

Chapitre IV

NOVEMBRE

Il y avait des jours où il me fouettait pour lui : quelques coups, juste pour me marquer jusqu'à la prochaine fois (et peut-être une manière de dire aux amants qu'il me supposait toujours qui j'étais, et que j'étais à lui[1]). Mais certains jours, il me frappait pour moi.

Je commençais presque toujours par compter les coups, puis je perdais le fil, toute à cette idée terrible qu'aujourd'hui il n'y aurait pas de fin, que j'allais mourir sous le fouet. Chaque retour de la lanière augmentait mon effroi, jusqu'à ce que j'accepte cette idée, que j'allais mourir, que ce serait bien doux de mourir.

Mon corps, lui, se tordait, ma bouche criait, implorait, mais mon esprit était déjà ailleurs, dans une résignation presque religieuse — tout cela mêlé à une fascination pour

---

1. La seule personne qui profita par hasard du spectacle de sa peau ainsi marquée fut une mienne amie que Florence hébergea une nuit. Sans faire gaffe, c'est-à-dire très intentionnellement, elle se balada très dévêtue, le lendemain matin, au sortir de la douche. L'amie fut si horrifiée qu'elle en resta d'abord sans voix, puis si fascinée qu'elle lui posa plein de questions sur qui, pourquoi, comment, et si ça faisait mal. Elle effleura du doigt chacune de ces cicatrices temporaires, et ni l'une ni l'autre n'osa dire à quel point elle était excitée. Cette scène, lorsqu'elle me la raconta, me plut fort.

ce corps si endurant, pour cette douleur immense qui
trouvait la force de se renouveler, qui trouvait les moyens
d'augmenter —, jusqu'à ce que je comprenne que cette
douleur acceptée n'était que la métaphore, inscrite sur la
surface de ma peau, d'une douleur ancienne jamais abolie,
jamais consentie.

Il a fallu, comme je le dirai plus tard, que j'aime assez
Nathalie pour la confondre avec moi-même, pour que je la
regarde à son tour torturée — et c'était moi qui me faisais
mal à moi-même, pour que je comprenne quelles présences
muettes gisaient au cœur de ces déluges de douleur. Un
jour, j'eus l'impression fulgurante, si déchiré était le cri
qu'elle poussa, qu'elle revivait sa naissance, la douleur de
cette entrée dans la vie qu'elle avait toujours refusée,
jusqu'à ce qu'elle se mette en paix avec elle-même en
refusant de vivre.

*
* *

Il entre, et tout de suite fait les présentations :
— Florence, dit-il, je te présente Nathalie, qui veut bien
nous consacrer deux heures de son temps ; Nathalie,
Florence, dont je t'ai parlé.

On se regarde, on se juge, on se jauge. Est-elle plus
jolie que moi ? Oui, sans doute. Ses yeux gris-vert
irradient dans son visage sans maquillage. Elle a la peau
très pâle, les cheveux mi-longs, frisottés, très blonds. Une
bouche boudeuse, des dents superbes lorsqu'elle sourit.
Des pommettes très hautes autour d'un petit nez droit,
frémissant, gourmand.

Plus sculpturale surtout : à notre demande elle se déshabille et ses seins jaillissent de son soutien-gorge à balconnets[1] — des seins somptueux, quatre-vingt-quinze ou cent de tour de poitrine, tendus comme des offrandes, à l'aréole petite, très ronde, la pointe bien dessinée, très dure — combinaison rare dans une aussi forte poitrine, où tout a trop souvent tendance à se dilater, à glisser...

(Encore maintenant, je peux retrouver la sensation, sur commande, de ses seins effleurant mon dos tandis qu'elle m'embrasse la nuque et l'oreille, glissant comme deux petits doigts légers le long de mes reins pendant qu'elle parcourt mon dos de ses lèvres, et s'écrasant finalement au creux de mes genoux quand elle enfonce son visage et sa langue entre mes cuisses ouvertes...)

Elle a un ventre merveilleusement plat et musclé, la taille très fine — les seins semblent suspendus comme des jardins au-dessus du vide —, les fesses très rondes, accrochées haut. Elle mesure peut-être un mètre soixante-douze, mais paraît impressionnante, maintenant nue dans cette pièce occupée de projecteurs, réflecteurs et appareils photo. Si impressionnante que très vite je cesse de la regarder directement, et je contemple, avec une émotion curieuse, son reflet dans le miroir.

— Un peu de champagne, Nathalie ?

Il lui tend une coupe frémissante.

Nathalie aime boire. Ce fut jusqu'au bout une constante, et quand je connus sa mère, je compris bien des choses. Une coupe, deux coupes, nous bavardons, lui et moi habillés, elle nue jusqu'au bout des pieds — un

1. Nathalie portait le plus souvent une lingerie italienne très sophistiquée, mélangeant les matières, soutien-gorge très ajusté, body gainant son buste de dentelles compliquées, slip invisible — une pure formalité de satin. Lorsque nous nous étonnions de ces colifichets précieux, elle riait et en offrait à Florence pour la faire taire. Maintenant qu'elle n'est plus là, il m'arrive de demander à Florence de mettre pour moi, et pour elle, ces souvenirs de soie — comme si nous la ressuscitions en un miroir incertain.

Déjeûner sur l'herbe d'intérieur, avec les mêmes intentions à venir, sans doute.

Je remarque alors que JP est tout vêtu de noir.

— Comment vois-tu la scène, Florence ?

— J'aimerais vous photographier ensemble, dis-je. Toi habillé ainsi, elle nue. Sur le côté noir de la couette, d'abord. Puis tu l'ôteras, et on gardera juste le fond blanc du drap.

— Bref, du noir et blanc en couleur, si j'ai bien compris ?

— Quoi d'autre ?

Je photographie leurs visages face à face, se rapprochant lentement, d'un quart de plan à chaque fois, puis tous deux enlacés — comme sur le *Baiser* de Rodin. Je fais une première série en pleine lumière. Alors je descends presque à terre tous les projos, et, étendus sur le lit, ils paraissent sortir d'un film expressionniste, avec d'immenses ombres portées et des contrastes violents.

— Embrasse-la encore, dis-je.

Le 70 mm me permet de faire un gros plan sur leurs bouches emboîtées, les langues qui se cherchent sans se cacher, ses mains à lui qui jouent avec ses seins à elle, et ses mains très pâles sur le tissu sombre de la chemise...

— Continuez, dis-je entre deux claquements de l'obturateur.

Il enfouit son visage entre ses seins, les lèche, les suce, les étreint. Elle a renversé la tête en arrière, comme dans une extase de cinéma.

— Déshabille-toi, demandé-je à JP.

Il a une peau beaucoup plus mate, un contraste de tons fort satisfaisant.

Il bande dur.

Qu'est-ce que j'éprouve ? Je ne sais pas. L'appareil l'éprouve pour moi[1].

---

1. Nul n'ignore, évidemment, ce qu'il y a de phallique dans l'objectif d'un appareil — surtout quand, par la grâce d'un zoom, il semble s'allonger précipitamment vers l'objet de son désir. Que la photographie fût pour Florence un substitut, pas de doute. Pour moi, la fascination photographique était plus trouble : mais pourquoi l'ai-je toujours associée au goût que j'ai pour les fesses des femmes — comme si je n'osais être homo autrement qu'avec des filles ?

Le fait de saisir les scènes à travers l'objectif me permet de m'en éloigner — tout en sachant confusément que je ne pourrai pas longtemps rester si loin, à quatre mètres...

Et puis, au moment où justement je me demande comment je vais le lui demander, elle se penche sur son ventre et engloutit sa queue raidie dans sa bouche.

Et bien mieux, bien plus goulûment que je n'ai jamais su le faire.

Ses cheveux tombent en deux cascades sur ses joues creusées par le mouvement d'aller-retour, ses lèvres sont modelées par ce lumineux objet du désir — petite bouche de poupée quand elles volètent à fleur de gland, toutes froncées en butinant, ouvertes et affinées par l'effort quand elles l'absorbent entièrement et vont se perdre dans les poils bruns où elle frotte son visage — comme si elle voulait lui creuser le ventre avec le nez.

Comme toujours, j'éprouve à regarder une émotion violente. Comme si je bandais.

D'ailleurs, est-ce que ça ne bande pas, une femme ?

A partir de ce moment, je n'ai plus fait que des gros plans.

Il rampe sous elle et mord doucement les lèvres entre les cuisses écartées, y noie sa bouche, enfonce sa langue qui l'humecte et la boit.

Elle le suce, comme je l'ai toujours vu plus tard le faire, comme si elle était pressée de boire du foutre. Comme si elle avait un autre client en attente. A chaque fois, elle engloutit totalement la verge tendue à exploser, aspire la chair, et remonte presque jusqu'au bout du gland avant de replonger le long de la colonne.

Il s'arrache finalement à cette bouche avide, ramène son corps en arrière, tandis qu'elle reste accroupie, les genoux remontés vers les hanches, les fesses exhaussées. Les yeux fermés.

Il s'agenouille derrière elle et la pénètre sans ménagement.

Je place le pied de l'appareil juste dans la diagonale que déterminent leurs hanches. Il s'enfonce dans son sexe comme il parcourait sa bouche tout à l'heure : d'un bout à l'autre de sa queue, butant au fond d'elle à chaque fois, prêt à l'abandonner à chaque fois.

Elle a rouvert les yeux et me fixe, les lèvres entrouvertes, haletant en silence.

Il abandonne le ventre de Nathalie, se redresse légèrement au-dessus d'elle et la sodomise, d'un même élan irrépressible, sans préparation. Très brièvement elle ferme les yeux, contracte un peu le front, puis de nouveau me regarde et me sourit.

C'est le sourire qui a tout déclenché. Je me déshabille à mon tour et vais les rejoindre.

Juste avant, je mets l'appareil en prise automatique. J'ai trente secondes devant moi.

Une courte, très courte hésitation.

Elle m'embrasse, et dès ce premier baiser où ses lèvres enserrent les miennes, j'ai su qu'elle avait décidé d'être femme pour l'un comme pour l'autre.

Rafale de six photos que le moteur enchaîne. Comme une Winchester que l'on arme.

Puis le silence entrecoupé de gémissements de sommier, de froissements de tissu.

Je la bois de baisers. Sa langue est comme un animal, incisif, inquiétant.

Peu à peu je me coule sous elle. Je happe ses seins comme j'ai bu ses lèvres, et elle parcourt de même ma poitrine, mais ses mains déjà descendent vers mon ventre.

Elle a un grain de peau extraordinairement serré, très tendu, qui lui donne la texture et la saveur des fruits à peine mûrs.

Elle engloutit son visage dans mon sexe avant que j'ose affronter le sien. Je n'ai jamais été sucée comme ça — pour ainsi dire mangée. Je tente d'envoyer mes mains pour ralentir sa bouche, sans succès. Alors je la mords, j'écarte son sexe de mes doigts, je la regarde comme jamais je n'ai regardé une femme. Elle a de petites lèvres bien formées, très régulières, et l'entrée de son vagin, pour dilatée qu'elle soit, n'est pas le gouffre que me semble toujours le mien quand on vient de me baiser.

A cinq centimètres au-dessus de mon front, la verge de JP s'enfonce avec furie dans ces fesses offertes...

Je fouille à mon tour son sexe de ma langue, revient

jouer avec son clitoris c'est donc cela, vu d'en dessous, le plaisir féminin ? Je n'ai pas le temps d'oser davantage, parce que je jouis — l'un des orgasmes les plus rapides de ma vie.

J'ai fermé les yeux. Je sens des déplacements sur le lit, puis soudain une queue qui me transperce...

J'adore être pénétrée quand je viens juste de jouir, et il le sait, le bougre...

A nouveau je fouille le ventre merveilleux qui s'offre toujours à moi. Je le malmène, du bout des dents, à pleine bouche. C'est cela le goût d'une femme ? Eh bien, c'est bien meilleur qu'un homme...

Son cul, bouche d'ombre dilatée, m'appelle. J'y enfonce ma langue.

JP soulève mes reins en écartant mes fesses et me prend par-derrière à mon tour.

Nathalie s'écarte de mon ventre, vient m'embrasser tandis que l'autre, là-bas, me lime au plus profond...

Je noie mon visage entre ses seins tendus au-dessus de moi, et je refoule de toutes mes forces l'orgasme que je sens monter.

Il le devine sans doute, et (compassion ou sens du suspense ?) il sort de mes fesses et éjacule, à longs traits, sur mon ventre et mes seins.

Nathalie se penche et lèche longuement les traînées de sperme brûlant. Puis de nouveau elle m'embrasse, et m'infuse un mélange presque sucré de sperme et de salive, en me branlant, très vite — et très vite je jouis encore.

Nous avons ensuite vidé une deuxième bouteille de champagne. JP a remis son pantalon et nous a photographiées tandis que nous nous embrassions, à notre tour, que nous nous frottions l'une à l'autre, comme deux mains qui se savonnent[1].

Est-ce moi, est-ce nous, mais nos ventres ne sont que sueur et cyprine. J'enfonce mes doigts en elle, elle plante les siens en moi, nous sommes assises emboîtées l'une

1. Nathalie était gauchère, et lorsqu'elles s'enlaçaient ainsi l'une l'autre, c'était comme une image dédoublée, comme si elle venait de l'autre côté du miroir.

dans l'autre, fouillant nos sexes d'une main, parcourant nos seins de l'autre. Jamais aucun homme ne s'est si bien occupé de mes seins ; c'est bien simple, avant elle, je pensais ne pas en avoir.

Quand nous nous détachons l'une de l'autre comme se décollent deux amandes philippines, JP a depuis pas mal de temps cessé de nous photographier, et achève une autre coupe de champagne. Il remplit nos verres, nous les tend en souriant.

Le sourire... Notre premier contact, notre premier trait d'union.

Il y a plusieurs flashes dans ma mémoire qui subsistent des scènes suivantes.

Il est debout entre nous deux agenouillées, et nous jouons à grignoter sa verge, et régulièrement nos bouches se rejoignent au-delà de ce prétexte tendu comme un leurre...
Nous sommes allongées côté à côte sur le lit, sur le ventre toutes les deux, et il nous parcourt alternativement, par tout ce qu'il trouve de hâvres successifs et provisoires... La bouche de Nathalie est toujours aussi fraîche autour de la mienne...
Il me jouit dans la bouche, mais elle vient immédiatement boire, dans le baiser suivant, tout le sperme qu'il a éjaculé en moi...
Comment bande-t-il encore — ou était-ce bien plus tard ? Nous sommes allongées tête-bêche, le visage enfoui entre les cuisses de l'autre, je suis dessus, elle est dessous, et JP virevolte autour de nous, passant de mon cul exhaussé au vagin de Nathalie enfoui sous mes lèvres, avant de se rincer dans ma bouche et de recommencer...

Le plaisir...

Il n'y eut d'abord que le plaisir.

Ce fut à notre deuxième rendez-vous que JP l'attacha et, devant moi, lui cingla trois ou quatre fois le dos, au fouet, avant de me tendre la dure lanière en me demandant de continuer ; ce que je fis d'abord avec maladresse, puis avec une débauche d'énergie, une absence de retenue qui me stupéfia moi-même.

Incidemment, il me vint à l'esprit que ce n'était pas Nathalie que je frappais ainsi. Qu'elle n'était que le reflet de mon propre corps — un reflet magnifié, embelli et torturé.

Ce fut plus net encore lorsque nous nous retrouvâmes toutes les deux, sans l'alibi ou la transaction d'une queue susceptible à tout instant d'instaurer une hiérarchie autre, de me traiter comme je la traitais, elle.

Chose étrange : j'avais beau me rouler contre elle, jouir sous sa langue ou ses doigts, et la faire jouir, elle, de toute ma maladresse, pas un instant je ne m'imaginai lesbienne. J'étais une forme altérée, bâtarde, hermaphrodite. Je participais même parfois à une sorte de répulsion, d'horreur du sexe féminin, et l'instant d'après je la dévorais de baisers. Elle mouillait énormément et je m'enivrais d'elle.

Très vite, l'un de nos jeux préférés consista à l'attacher, les jambes passées à demi par-dessus la tête de lit, les chevilles liées aux montant, les jambes très écartées. Et longuement, je la fouettais sur les cuisses ouvertes, le sexe et le ventre.

Elle ne criait jamais à cette époque. Quand la douleur était trop neuve, elle laissait filtrer une sorte de feulement, un son plus animal qu'humain. Elle contractait ses jambes, comme pour les refermer, mais les rouvrait tout de suite, toutes grandes. Très vite, je n'eus plus besoin de l'attacher quand je la fouettais. Je n'avais qu'à ordonner : « Tends tes seins... Ouvre tes fesses... Ecarte-toi mieux... avec les doigts... Là... »

Invariablement, je finis par me pencher vers elle et je l'embrasse, et sa langue est toujours aussi prégnante et sucrée. Je prends l'habitude de lui dire que je l'aime. Elle me le dit aussi, sur tous les registres, et je n'arrive pourtant pas à y croire[1].

---

1. Florence hésite encore à la mettre au passé. L'écriture sert aussi à cela, pérenniser des moments faillibles et enfuis. Tant qu'elle pensera à elle au présent, elle sera encore là. De toute façon, elle est là en elle, dans sa tête, son cœur, son ventre, comme un fœtus immortel dont on ne se débarrasse pas. Elle est, la nuit, entre ses mains vides. Elle parcourt toujours sa peau, vaisseau fantôme de ma mémoire. Elle est dans le moindre de ses silences. Et, parfois, dans les miens.

Chapitre V

NOVEMBRE, SUITE

JP me voyait parfois, soit pour me baiser, soit pour travailler avec moi sur le texte de Sophocle, comme je l'ai déjà dit.

(Pourquoi Sophocle ? m'avait-il demandé — et jamais pourquoi *Œdipe* ?... Parce que Cocteau c'est trop simple, et Sénèque trop noir. Sophocle, c'est la tragédie pure de la méconnaissance et de la reconnaissance — mais Aristote a dit tout cela avant moi.

Il la voyait aussi, elle, mais de leurs relations je ne connaissais que des bribes[1].

Je lui avais donné un jeu de clefs, en lui disant qu'elle pouvait venir quand elle voulait. Elle débarquait, parfois entre deux cours — que je sois là ou non.

Je retrouvais une rose dans un vase de métal, un livre ouvert sur le lit, ou simplement l'empreinte illisible de son corps sur la couette. Ou bien j'étais là, elle passait toute

---

1. Leurs relations étaient si bien duelles que, lorsque nous nous retrouvions — rarement — tous trois, le protocole muet stipulait que Florence seule avait le droit de frapper Nathalie, et que je ne fouettais jamais Florence devant elle. En revanche, lorsque j'étais seul avec l'une ou l'autre, j'étais le maître exclusif du jeu, et je les traitais comme deux sœurs jumelles dans le masochisme, sans bien voir ce que chacune avait de spécifique.

fraîche de pluie, m'embrassait, ou me demandait parfois, en termes très crus, de la faire jouir. Elle se troussait, debout devant moi. Je m'agenouillais, lui ôtait son slip quand elle en portait un, et lui mangeais les fesses. Très vite son con pleurait de plaisir, et je la faisais jouir, un pouce vrillé au fond de son vagin, mes doigts sur son clitoris, ma langue enfoncée dans son cul — elle avait de terribles contractions anales qui me refoulaient et m'aspiraient alternativement. Et elle repartait sur les ailes du vent.

Elle disparaissait parfois pendant une semaine entière, et nul ne la croisait. Elle revenait un matin, des croissants plein les mains.

— Tes cheveux sentent la mer, lui dis-je un jour.

— C'est vrai ? C'est possible.

Et je n'en sus pas plus.

Deux fois elle arriva fort tard. La première fois elle s'était efforcée de ne pas m'éveiller — princesse discrète qui ne veut pas déranger sa belle. Je m'étais endormie en lisant, et à la lueur de la petite veilleuse toujours allumée, à travers le filtre hypocrite de mes cils, je l'avais regardée se déshabiller en silence et se glisser contre moi. Elle avait des grâces de chatte en ôtant sa jupe ou son pull, ce mouvement des bras que je trouvais toujours si émouvants car ses seins semblaient à chaque fois jaillir comme de la neige…

Dans la lumière incertaine qui la prenait en contre-plongée, je crus avoir mal vu. Mais elle se pencha pour défaire la bride de ses chaussures, et je sus que je ne m'étais pas trompée : on l'avait flagellée sur les seins avec une brutalité que je n'avais jamais osée. De profondes balafres horizontales, preuve qu'on l'avait couchée avant de la frapper. Une pointe était presque déchirée, noircie de sang. Les replis des cicatrices, la rectitude des balafres évoquaient l'empreinte d'une tresse dure, une cravache peut-être.

Elle s'étendit à côté de moi et m'embrassa légèrement sur la tempe. L'instant d'après, elle dormait. Et je restai longtemps éveillée avec mes cauchemars.

Elle n'essaya pas de se cacher, le lendemain matin.
« Quoi donc ? Ah, ça... Qui donc ? Aucune importance. »
Mais dix minutes plus tard, je la surpris dans la salle de
bains contemplant dans le miroir, avec une évidente
satisfaction, toutes ces morsures sur sa peau, caressant du
bout des doigts les renflements de sa chair laminée.

Je sus qui, lorsque trois jours plus tard, JP me traita de
la même manière. Mais moi, il avait pris soin de
m'attacher, tout de mon long, pieds et bras liés. J'avais
crié, je l'avais supplié comme une folle de cesser. Il avait
frappé douze fois, très fort. Puis il était venu jouir dans ma
bouche — il adorait, quand il m'avait fait pleurer, me
donner sa queue à sucer, sachant que je m'étoufferais à
demi entre sa verge qui me bâillonnait et mon nez brouillé
de larmes.

Un après-midi...

J'avais tellement envie d'elle, j'avais tant espéré qu'elle
vienne que je lui avais sauté dessus dès qu'elle était entrée,
et elle s'était laissé renverser sur le lit en riant. J'ai
retroussé sa jupe, ôté son slip d'un mouvement
autoritaire...

La dentelle noire était gluante de sperme frais, tout
comme son sexe et son cul. Je levai la tête.

— Qui est-ce ?

— JP, dit-elle. A la fac. Sur une table, entre deux cours.
Sans même fermer la porte à clef.

Il m'avait prise de même, une fois, allongée sur un
bureau, mes chevilles sur ses épaules, ma jupe remontée
sur la taille, mon slip en berne au talon de mon escarpin —
et lui passant, l'air insouciant, de mon ventre à mon cul...
Il le faisait souvent, et j'essayais à chaque fois de deviner
où il allait jouir, de le provoquer même, par des
contractions des sphincters, une succion du ventre, pour lui
interdire de repasser à côté, de me faire languir encore,
jouis donc où tu veux mais jouis !

J'avais l'impression, avec Nathalie ouvrant ses cuisses
devant moi, qu'il avait trouvé les ressources d'éjaculer à la
fois dans son con et dans son cul.

Je la giflai, pour le principe, puis j'eus honte tout de

suite, lui demandai de m'excuser, la pris dans mes bras...

Ce fut l'une des seules fois où elle prit le pouvoir, brièvement. Elle s'assit sur moi, enserrant mon visage entre ses cuisses, et me fit lécher et son sexe et son cul, longuement, m'enjoignant de ne rien perdre, de ne rien oublier, d'enfoncer ma langue au plus profond... Son ventre avait un goût de varech.

*
* *

Je la fouette presque tous les jours, à cette période. Pourquoi donc ai-je l'impression que je n'arrive pas même à la meurtrir ? Je voudrais la tuer, je voudrais mourir d'avoir envie de la tuer.

*
* *

Ce fut toujours constant chez Nathalie, et de plus en plus marqué comme nous approchions de la fin — ces moments que je sentais confusément être la fin sans que rien pourtant ne se décide, comme un air de blues qui rebondit sur le dernier accord et refuse de se laisser réduire au silence...

Les coups, les humiliations, les tortures même que je lui faisais subir étaient pour elle, à chaque fois, des occasions nouvelles d'être plus tendre, plus douce. Elle était juste mon reflet négatif, ou plutôt le reflet positif de l'image négative que j'avais alors de moi-même. Moi, le fouet me révoltait. Tout mon corps se rebellait sous les coups, et en appelait quand même d'autres, comme pour châtier cette rébellion ancienne dont j'ignorais la cause. Au contraire, Nathalie semblait se perfectionner sous le fouet, comme un caillou de rivière qui se polit lentement et tend vers sa forme définitive — le pur ovale, le grain de sable, le rien.

Sa chair déchirée saignait, et elle conservait ce demi-
sourire, tout intérieur, que les peintres du Trecento collent
aux visages de leurs saintes martyres. Je ne l'en frappais
que plus fort, je ne l'en aimais que plus, et je me détestais
de l'aimer ainsi et de la déchirer.

*
* *

— Tu sais, commence-t-elle puisque je ne sais pas, j'ai
pris la Voie du Corps comme un Japonais aurait adopté la
Voie de la Sagesse ou celle du Thé. Pour m'abstraire. A
l'arrivée de toute perfection, il y a la solitude et la nuit.
D'autres vivent pour se remplir — d'amour, d'argent,
d'alcool, de souvenirs : des autres, quoi. Je vis pour me
vider. Lorsque je les sens jouir en moi, lorsque je les sens
tout fiers et penauds de m'avoir remplie d'une cuillère à
café de sperme, je me sens, moi, plus vide à chaque fois, et
je tends vers un creux parfait, n'être qu'une coupe, une
porcelaine exquise, presque immatérielle. Ce que vous
appelez mon masochisme, parce qu'il n'y a pas d'autre
mot, vise à m'abstraire, à me sortir de ma condition d'être.
Nous avons beaucoup bu. Sa voix, dans ce
somnambulisme de l'ivresse qui précède le sommeil, est
d'une blancheur effrayante.
— JP te fouette — il me l'a dit, continue-t-elle. Et toi
aussi tu me bats. Mais ça n'a rien à voir. Tu te cherches
dans la douleur. Moi, je l'aime pour ce qu'elle m'enlève :
ma peau, mes désirs, mes rêves. Ne plus être qu'une chair,
parce que la chair n'est rien. La douleur me met ailleurs.
Tout s'estompe. Il vient même un moment, tu l'as peut-
être remarqué, où la douleur elle-même s'estompe. Et je
deviens plaisir, pur plaisir — c'est-à-dire rien.
— Et nous ? demandé-je après un court silence.
— Tu veux dire : parce que je te dis que je t'aime ? Tu
sais, je vous donne tout de moi, mon corps, mes cris, mes
larmes, parce que je ne tiens ni aux uns ni aux autres. Je
vous donne tout ce dont je ne veux pas. C'est le paradoxe,

vois-tu : au bout de la Voie du Corps, il n'y a plus de corps. Il ne reste que la sensation égoïste du vide. Ce n'est pas pour toi que je laisse tes doigts s'enfoncer en moi. Ce n'est pas pour toi que je te caresse. Je caresserais aussi bien une statue. Ce serait moins passionnant, c'est tout. Moins varié. Le marbre s'apprend — avec lenteur, mais il s'apprend quand même. Un corps, c'est un composé de métamorphoses, et chaque geste doit à chaque instant être attentif aux modifications du corps de l'autre, à ses ondulations, ses fuites...

— Alors, moi pas plus que JP ?

—Toi un peu moins que lui. Ce garçon a des profondeurs d'égoïsme, une habitude du miroir dont tu es encore loin. Il est déjà presque tout à fait vide. Peut-être l'a-t-il toujours été : un don...

— Très bien. Et quand tu seras enfin un maître dans ta Voie ?

— Je me tuerai, dit-elle. La mort sera juste un achèvement. La perfection de mon annulation. Rien de nouveau : un point d'orgue...

Elle prend la bouteille de champagne au pied du lit, et, la bouche ouverte, laisse couler les ultimes gouttes sur sa langue. Je me penche sur elle, et je viens voler dans sa bouche quelques-unes de ces dernières larmes. Elle se laisse embrasser avec complaisance, mais sans passion. Est-ce que je ne suis vraiment rien d'autre que l'une des multiples langues qui sont déjà venues butiner sur la sienne ?

— Il n'y a plus de champagne, murmure-t-elle.

Elle jette la bouteille contre le mur avec une violence que je n'aurais jamais soupçonnée. Le verre explose en retombant au sol.

Je la regarde. Elle est tout à fait ivre, couchée, les yeux clos.

La perdre ? Non, je ne veux pas la perdre. Je ne veux pas.

Elle se retourne sur le côté. La masse des longs cheveux bouclés vient lui manger le visage. Et je reste longtemps à la regarder, dans le vide.

Puis j'ai frissonné. J'ai pris une couverture et je l'ai

recouverte. Je me suis levée, j'ai téléphoné à JP. « Oui », a-t-il dit. J'ai pris une douche, je me suis habillée et je suis sortie [1].

*
* *

Délire horizontal.
Ivre de coups.

— Garde-la, me dit-il en me tendant la cravache.
C'est donc une longue cravache de dressage, très fine, gainée d'agneau noir. Au bout, un fil de nylon, court, terminé par un nœud.
— Va-t-en, dit-il, j'ai du travail.

1. Je sais qu'elle retrouve, en écrivant ces lignes, ses sensations d'alors, lorsqu'elle allait par les rues, qu'elle prenait l'ascenseur qui montait chez moi, sachant que dans les minutes qui suivaient elle serait une pure source de cris, et qu'elle repartirait avec les fesses à vif. Jusqu'à ma porte, et au-delà même, elle avait toujours la possibilité de s'en retourner inentamée, mais elle sonnait, elle entrait comme en consultation. Elle y passait même parfois en coup de vent, implorant en silence sa ration de douleur.

Chapitre VI

« Les deux sexes mourront chacun de leur côté »,
comme dit l'autre... Il y a une telle différence dans
l'amour que vous font les hommes et les femmes. Une
femme s'ouvre, et vous ouvre. Sous la bouche ou les
doigts de Nathalie, j'ai à chaque fois l'impression de me
déplier, comme une fleur de papier chinoise qui se déploie
quand on la jette à l'eau. Je m'offre. Le plaisir me dilate.

Avec un homme, rien de tel. Le plaisir me contracte. Il
me bâillonne, me bouche, me fait taire, me clôt. Une queue
qui s'enfonce, c'est une porte qui se ferme.

Non que la sensation soit déplaisante, puisque aussi
bien le plaisir est là. Mais le sens est différent. Il n'y a pas
de compétition avec Nathalie : juste une entente, une
merveilleuse entente. Avec JP, je sais que je vais finir par
me rompre, m'émietter. Je résiste tant que je peux, mais la
douleur, la peur finissent par l'emporter, toujours. Alors
que je sortais des bras de Nathalie plus brisée peut-être,
mais plus entière à chaque fois.

Je ne m'étais jamais figuré à quel point elle pouvait
s'ouvrir. Je ne suis ni petite ni menue, et mes poignets
manquent un tant soit peu de finesse. Mais ce soir-là, je la
baisai comme un homme, avec mes mains, et elle s'ouvrit
mieux qu'à un homme — ma main entière engloutie dans
son sexe, où je refermai mon poing avant de la retirer («

C'est comme une tête de bébé », me dit-elle, et elle me
mordit la lèvre, très fort, en m'embrassant), ma main de
nouveau enfoncée dans son cul (avec plus de facilité,
d'ailleurs), jusqu'au milieu de l'avant-bras, mes doigts
fouillent au fond de son ventre, et les terribles contractions
de son anus autour de mon bras tandis que je la branle en
même temps. *Fist fucking*, comme on dit chez les homos...

Apparemment, le plus douloureux, c'est lorsque je
retire ma main après qu'elle a joui.

Elle saisit mon poignet, et longuement, amoureusement,
suce chacun de mes doigts boueux[1].

— Qui t'a ouverte comme ça, Nathalie ?

Elle tire rêveusement sur sa cigarette, se penche vers
moi et me souffle la fumée sur les seins.

— C'est toi, dit-elle en riant.

— Arrête...

— C'est vrai, dit-elle. Aucun homme ne m'a jamais
pénétrée comme toi.

— Il y en a eu beaucoup ?

— D'hommes ? Pas mal, oui.

— Combien ?

— Je ne sais pas.

— Combien ?

— Je ne peux pas savoir. Tiens, un jour, j'avais dix-sept
ans, j'avais été recrutée comme hôtesse d'accueil pour une
soirée organisée par le club Jaguar-France.

« Tous des amateurs forcenés de belles mécaniques, à
Bagatelle. Il y avait un pavillon occupé par le champagne
et les petits fours, et dehors trente ou quarante mécaniques
sublimes qui luisaient sous la lune. Un merveilleux
printemps.

---

1. S'insérait ici une longue scène scatologique où la narratrice retirait
du cul de son amante de quoi la barbouiller tout entière, se frottait à
elle jusqu'à ne plus former avec elle qu'un seul magma odorant... J'ai
cru bon de suggérer à Florence de couper ces débordements afin de ne
pas lasser la patience du lecteur, dis-je. En fait, afin de garder pour
moi ces souvenirs si particuliers.

« La soirée s'est éternisée, s'est diluée dans l'alcool. Jaguar oblige, c'était plein de Britanniques qui en même temps snobinardaient sur les Purs Malts hors d'âge, et les mérites comparés des *Highlands* et des *Islay*. Je te parais bien savante, mais j'en ai beaucoup appris ce soir-là. Bref, va savoir comment, tu sais comme je bois quand je bois, je me rappelle juste qu'à un moment donné, j'étais allongée sur le capot immense et froid d'une Jaguar type E noire. Toute nue, — et plusieurs — la plupart, sans doute - des types qui étaient là m'ont baisée, d'une façon ou d'une autre.

— Tous ?

— Je ne sais pas. Beaucoup. L'un d'eux, soit qu'il n'ait pas pu, soit qu'il ait trouvé l'idée meilleure, s'est saisi d'une statuette du Jaguar — c'était le totem de la soirée sur une table, bien plus gros que ceux qui ornent les capots, et il m'a forcée avec — les pattes en avant, la tête de métal ronde et glacée, peut-être trois fois la taille d'une queue d'homme, enfoncée dans le ventre. J'ai crié. Il l'a lâchée, et la statue, très lourde, est retombée, mais toujours retenue en moi par les griffes. Un autre est venu et a essayé de me sodomiser, mais la tête du Jaguar prenait toute la place…

— Heureusement que ce n'était pas le club Rolls-Royce ! ai-je grincé.

Mais l'image de la statue ballottant entre ses cuisses s'imposait à moi de façon hypnotique.

— Très drôle, dit-elle.

« Après, il y en a un qui a recueilli avec une cuillère tout le sperme qui me dégoulinait du vagin, et qui me l'a donné à boire. Puis un autre verre de Scotch.

Je respirai un bon coup.

— Et c'était comment ?

— Salé, dit-elle en riant. Tu ne trouves pas que c'est salé ?

J'éludai.

— Nathalie ?

— Oui ?

— Qu'est-ce que tu préfères, dans l'amour ?

— Ce que je préfère ? Juste ce que vous aimez le plus,

chez moi, les uns et les autres. Tu me connais par cœur, n'est-ce pas ?

— C'est le mot. Et alors ?

— Qu'est-ce qu'ils voient avant tout en moi ? L'alpha et l'oméga de mon corps, qu'est-ce que c'est ?

Je n'avais pas besoin de répondre. Mille fois je lui avais dit que j'adorais ses fesses, une merveilleuse goutte d'eau suspendue par miracle sous une taille de loutre entre les dents du tigre, comme dit le poète.

— Dès le premier, continue-t-elle puisque que je ne dis rien. Dès le premier. J'étais au collège, je devais avoir quatorze ans, il y avait un prof que j'adorais — enfin, je le croyais, ce qui revient au même, et j'avais résolu de le séduire. Et ça n'a vraiment pas été trop dur !

« Eh bien, un mercredi après-midi (il s'en passe toujours plus qu'on ne croit, le mercredi après-midi, mais moins que ce qu'on dit), je l'ai retrouvé chez lui, le cœur battant. Il m'a embrassée, m'a déshabillée, moult caressée, moult enculée. Et rien d'autre. Pendant toute la durée de nos amours (deux ans, presque), il ne m'a jamais prise autrement.

« Ah ! oui, j'allais oublier : et il m'a fessée, dès le début. La première fois qu'il m'avait pénétrée, j'avais juste eu mal — juste le temps de me demander ce qui m'arrivait. Puis il m'a caressée, apprivoisée — et fessée, fort. Puis il m'a pénétrée encore, et il m'a limée très longtemps, en me caressant toujours, et j'ai joui — tu sais, cet émerveillement de la première fois où c'est un autre que toi qui te fait jouir, où de surcroît tu jouis avec une queue plantée en toi, au plus profond, et pas comme ta maman t'a appris qu'on doit faire. »

Ses yeux ont un éclat singulier quand elle évoque sa mère.

« Après, c'était devenu comme un jeu, comme un rite. Il me fessait — de la main, ou à coups de ceinture parfois —, il m'enculait, je jouissais. C'est devenu un automatisme. J'ai été dressée à jouir comme ça. J'étais cul nu, allongée sur le ventre, ou en travers de ses genoux, et je mouillais déjà. Et quand je sentais le bout de sa queue appuyer sur mon « œillet violet », comme dit le poète, j'avais déjà l'orgasme au bord des lèvres. Il me limait en me branlant, je jouissais, et après seulement il éjaculait. La plupart du temps, j'étais déjà tellement hors de moi, tellement brûlante, que je ne sentais pas le sperme couler en moi. Je savais juste qu'il avait joui parce qu'il ne bougeait plus, enfoncé tout au fond, et que mon anus palpitait autour d'une queue qui ramollissait doucement.

(Je n'ai jamais connu personne qui utilisât avec autant d'aisance presque naïve les mots les plus flagellants pour l'imagination.)

— Alors, qui c'est qui t'a dépucelée ?

— Une fille. Etrange, non ? Un an et demi plus tard, pendant l'été. La première fille qui m'ait séduite. Avec ses doigts. Bon dieu, qu'est-ce que j'ai saigné !

— Et depuis ?

— Depuis... Je ne sais pas, je te dis. Plus d'hommes que de femmes, en tout cas. C'est plus facile. Pourtant... j'aime les hommes, mais il n'y a que des femmes que j'aime... Enfin, tu vois ce que je veux dire...

— Non, dis-je en l'embrassant.

Quand nous nous embrassions, elle était toujours la fille, et ses lèvres enrobaient les miennes d'une chaleur moite qui me faisait défaillir.

Chapitre VII

Il y a eu une courte période où nous avons presque essayé de vivre ensemble, Nathalie et moi.

Nous dormions ensemble — elle avait un souffle si ténu que vingt fois j'ai cru qu'elle était morte. Nous prenions ensemble des petits déjeuners somptueux — elle m'avait convertie au thé et à une marmelade d'oranges très peu sucrée, achetée dans une boutique anglaise. Nous partions ensemble à la fac, nous nous retrouvions entre les cours. Une fois dans l'un des ascenseurs, par hasard... J'avais couru pour le prendre au moment où les portes allaient se fermer, et elle était là, coincée entre cinq ou six étudiants. Elle a cligné de l'œil en souriant, et, entre le rez-de-chaussée et le quatrième étage, profitant des multiples arrêts, entrées, sorties, elle s'est glissée contre moi, son dos contre mon ventre, et d'une main malicieuse, m'a caressé les cuisses et le sexe, par-dessus ma jupe, sans que personne s'en aperçoive, je crois, et en une minute peut-être, elle m'a amenée à un souffle de l'orgasme. Nous nous sommes séparées alors, chacune dans sa salle de cours, et la sensation de mon ventre vacant et de mon slip humide m'empêcha d'écouter ce qui se dit cette heure-là — juste l'envie, à peine réfrénée, de finir, d'un coup d'index rapide, ce qu'elle avait si bien commencé.

Une autre fille la draguait — le genre vierge folle. Agaceries, frôlements, sous-entendus fardés comme des

putes... Nathalie un jour me prit par la main et nous
présenta :

— Tu connais Florence ? demanda-t-elle.

Puis, immédiatement :

— C'est elle que j'aime, dit-elle.

Bon sang, j'aurais pu le croire...

*
* *

Un samedi où il faisait beau et froid, elle me dit qu'elle
avait envie d'espace, que Paris lui pesait. Qu'elle avait un
dossier à rédiger sur le théâtre au XVII siècle, et qu'elle
irait volontiers à Versailles, voir de plus près ce théâtre
géant que le roi avait fait construire à son échelle. La salle
de spectacles construite par Gabriel surtout l'enthousiasma
— « le théâtre dans le théâtre », dit-elle. Elle avait l'air
ravie d'avoir accouché de cette banalité.

Nous nous sommes arrêtées pour discuter à l'arrière du
Grand Trianon, accoudées à la balustrade qui surplombe
les jardins à la française et, au loin, le grand canal.

Dans la demi-boucle qui relie les jardins à l'esplanade,
un groupe d'une quinzaine de Japonais écoutaient avec
une attention asiatique les commentaires de leur charmante
guide — de ces Japonaises, comme j'en avais connues
deux ou trois à la fac, qui mélangent adroitement mode de
vie traditionnel et échappées dans la culture française, et
vivaient, assez confortablement d'ailleurs, de petits
boulots de ce genre, connectant leurs compatriotes pressés
aux paysages fugaces de leur grand tour à eux.

Nathalie me tenait la main — les amoureux du pont
Mirabeau, vraiment. J'étais dans un bon jour où le
sentiment du ridicule, au lieu de tuer l'amour, le renforçait.

Je dégageai ma main, la laissai retomber entre nous,
caressai distraitement sa cuisse. Puis je la faufilai, par
devant, dans l'échancrure de l'épais manteau, et roulai sa
jupe entre mes doigts.

Accoudées toujours à la balustrade, juste au-dessus des Japonais, nous semblions ne pas avoir bougé d'un iota. Ma main remonta le long de ses jarretelles — je lui avais interdit les collants presque dès le premier jour — et se faufila sous ce prétexte de dentelle qu'on appelle un slip brésilien.

Elle eut presque un haut-le-corps lorsque mes doigts glacés entrèrent en contact avec ses cuisses et ses fesses.

Court répit, où je me réchauffai à sa chaleur…

La vision de ma main froissant ce petit bout de tissu rouge (je le lui avais moi-même choisi, ce matin-là) m'excita vraiment, et je l'investis plus entièrement.

Comme d'habitude, je le trouvai trempé.

Ma main se faufila le long du sillon des fesses vertigineuses, à travers les lèvres souples, mon poignet froissant doucement son sexe, et vint tutoyer, l'air de rien, son clitoris. Elle écarta légèrement les jambes.

Il n'y avait presque personne sur la terrasse du château, et de toute manière les plis vagues du manteau occultaient ma manœuvre.

En contrebas, les Japonais piaillaient toujours, avec ces hochements de tête de poupées mécaniques qui marquent moins leur acceptation que le fait qu'ils suivent la conversation.

L'un d'eux, assez audacieux pour cesser de suivre les commentaires éclairés de leur guide, fixa cette belle fille blonde accoudée avec son amie juste au-dessus de lui. Il visa rapidement et nous photographia.

Juste au moment où il appuyait sur le déclencheur, je ramenai ma main en arrière et enfonçai l'index et le majeur dans le sexe de Nathalie. De surprise, elle écarquilla un instant ses yeux et ses lèvres.

Ce fut alors que retentit le déclic de l'obturateur dans l'air froid de cette mi-décembre. Le Japonais abaissa un instant son appareil, l'air légèrement interloqué, comme pour vérifier à l'œil nu ce que son objectif lui avait peut-être révélé. De nouveau il visa.

Nathalie le regardait fixement, sans rien cacher de la montée de son plaisir, alors que je savais qu'elle pouvait jouir intensément sans remuer un cil. Tandis que mes doigts la fouillaient, que mon pouce enfoncé dans son cul se frottait contre l'index à travers la mince paroi de chair, elle donna au Japonais un récital singulier de narines crispées, bouche ouverte sur un spasme, puis un second, mouvements de menton à chaque soupir extasié, lent passage de langue sur ses lèvres sèches de désir. A chaque stase, le Japonais photographiait. Rien qu'à regarder le visage si mobile de Nathalie, on pouvait deviner le moment où retentirait le déclic attendu[1].

Son manège ne resta pas longtemps confidentiel. L'un après l'autre, les autres types tournèrent la tête, échangeant des commentaires pleins d'excitation, et leur cicérone, à son tour, cessa de parler et nous fixa.

Nathalie jouait l'orgasme comme si elle était un piano sous mes doigts.

Les appareils photo se déclenchèrent en chœur.

Je sentis son anus se contracter à m'en couper le pouce, et elle inclina son visage vers moi, cherchant ma bouche.

Je l'embrassai. Ses lèvres étaient froides de l'air ambiant. Sa langue était une boule de feu humide.

Nouvelle rafale de déclics.

Puis tout revint à la situation initiale. Nous étions de nouveau accoudées à la balustrade, sagement parallèles. Sur la pierre tachée de lichens, les mains de Nathalie, qui s'étaient crispées à en devenir blanches, se détendirent, et elle serra doucement ma main trempée. Les Japonais se retournèrent vers leur guide.

Seul le premier qui nous avait remarquées nous fixa encore un court instant. Tout en gardant un visage de marbre, il inclina légèrement la tête, comme pour nous remercier, avec une infinie déférence.

---

1. Je me rappelle une représentation, un jour. Florence jouait *Hamlet*, dans le même esprit, sinon la même pertinence, que Sarah Bernhardt autrefois. Dans les premiers rangs, un spectateur prenait des photos. Son appareil faisait, dans le silence de la salle, un vacarme effroyable, et je pouvais prévoir, sur tel jeu de scène, tel mouvement de la main, telle expression de visage, le moment où retentirait le fatal déclic. C'était drôle et très énervant.

Nathalie se tourna vers moi :

— On rentre ? suggéra-t-elle.

Il y avait sur son visage la même lueur indéchiffrable, la même énigme que dans le masque cireux du Japonais.

Pendant le retour — je conduisais, elle jouait avec mes mèches courtes — elle me demanda soudain :

— A quoi penses-tu, Florence ?

— A rien, dis-je.

Je pensais à l'étrange plaisir que j'avais pris à l'exhiber ainsi et à la complaisance qu'elle y avait mise, puisque aussi bien elle aurait pu nous garantir une totale discrétion, et je me disais que je n'avais pas eu un plaisir de femme, mais un plaisir d'homme (enfin, ce que je peux imaginer être un plaisir d'homme), dure et tendue comme une pierre. Comme si j'avais bandé.

Chapitre VIII

DÉCEMBRE, FIN

— J'ai un cadeau pour toi, dit-il.
Joli papier, petite bois de bois précieux.
— C'est du bois d'amourette, dit-il.
Ça ne s'invente pas.
Et dedans, ivoire et métal nickelé, un rasoir à main, le coupe-choux de nos aïeux.

Il me montre comment le tenir pour ne pas se couper les doigts. Le glisse dans les bretelles de mon soutien-gorge et les fait sauter d'une simple pression du poignet. Puis il me retourne, fait glisser la lame dans mon dos (mon Dieu, est-ce que quelque chose peut être aussi froid ?), et coupe la bande de tissu élastique…
Le soutien-gorge tombe à mes pieds comme une écorce. Tant pis pour Christian Dior.
En deux coups de lame nets et précis sur mes hanches, il me débarrasse de même de mon slip, chiffon pâle ouvert en croix de saint André sur le carrelage clair.
Il est toujours dans mon dos. Ses bras m'enserrent. Il passe longuement la lame du rasoir sur ma joue, ma gorge, mes seins.
Pause, juste le temps de me passer les menottes - de jolies menottes nickelées, achetées dans un stock de la rue Saint-Denis.
Jeux de mains… La lame joue avec ma peau, toujours à

la limite de la blessure. Elle glisse sur ma poitrine, parcourt mon ventre, se love dans la fente de mon sexe.

Terreur pure. Il a dû appuyer un peu trop fort, et il m'a entaillé la motte, sur quatre ou cinq centimètres — une belle coupure qui saigne immédiatement beaucoup.

— Arrête !

Jeux de vilain. Il me tient par les cheveux, la tête relevée comme un cheval rétif, le temps d'ouvrir son pantalon. Je sens en même temps contre mes fesses sa queue dure de désir et le rasoir qu'il y promène.

Sensation de brûlure. Il a enfoncé la lame dans la fesse gauche.

— Non !

J'ai hurlé.

Il me penche, écarte mes fesses crispées, caresse mon sexe du manche du rasoir, le remonte, me pénètre légèrement, puis l'enfonce carrément, l'ivoire poli m'ouvre comme un petit pénis froid, tandis que la lame, selon un angle obtus, s'appuie dans la fente de mon sexe.

Il lui suffit de peser davantage pour me mutiler à jamais.

Le sentiment d'une catastrophe imminente…

Sa main droite passe devant et me branle doucement, tandis que le manche du rasoir parcourt mes reins.

*
* *

Dix heures du matin. Je travaille sur Sophocle, et ça avance tout doucement, c'est-à-dire que ça piétine.

On sonne, mais Nathalie entre avec sa clef avant que j'aille ouvrir. Elle a sur le visage ce sourire de quand je l'aime.

Elle m'embrasse. Puis soudain :

— Flo ?

— Oui ?

— Tu peux te déshabiller s'il te plaît ?

Je me sens rougir. Elle a l'air de ne pas y prendre garde.

Elle va à la fenêtre et ferme les épais doubles rideaux de velours vert. Puis elle allume toutes les lampes.

— S'il te plaît, répète-t-elle en se retournant vers moi.

J'ai vu JP la veille au soir, et il m'a, si je peux dire, prodigué sans compter des marques d'amour.

— Très bien, dis-je.

Ce strip-tease à cette heure a quelque chose d'indécent, surtout qu'elle garde son gros pull au large col flottant et ce pantalon à taille très haute qui lui fait un cul de Vénus callipyge.

J'ôte enfin mon slip et je reste face à elle. Elle me scrute avec curiosité.

— Tourne-toi, dit-elle.

J'ai les fesses comme du taffetas chiné. Il m'a d'abord cravachée, proprement, puis fouettée en tous sens, jusqu'à effacer les stries bien nettes, bien droites, de la cravache. Travail de massacreur. La peau a éclaté en de multiples endroits, où se sont formées de petites croûtes superficielles. Les marques, ce matin, ont viré au bleu, comme d'habitude.

Nathalie s'approche.

— C'est très joli, dit-elle.

Du doigt, elle suit ces méandres en relief.

— On dirait moi, ajoute-t-elle.

Elle s'agenouille derrière moi. Ses mains se posent sur mes hanches, sa bouche parcourt mes fesses, de trace en trace, avec une légèreté d'oiseau.

« Mésange », pensé-je, parce que le mot me plaît.

Sa langue suit, une à une, toutes ces cicatrices brouillées.

« Tourterelle... »

Puis « rouge-gorge » quand ses mains écartent doucement mes fesses. Alouette, feuille-de-rose, elle me lèche, me pourlèche le cul, gentille alouette, sa langue me creuse l'anus, elle a une torsion du buste et insinue son visage entier entre mes cuisses écartées à deux mains, la caresse même dont je me suis fait une spécialité, alouette je te plumerai.

Ses cheveux coulent sur ma peau, ses lèvres mordent mes lèvres, sa langue s'enfonce dans mon sexe, le fouille et le boit, puis elle remonte par-devant, je la chevauche presque maintenant, ses seins entre mes cuisses, elle joue avec mon clitoris, ses mains remontent vers mon ventre, sculptent mon ventre, mes hanches, mes fesses et mon dos, me griffent, me redonnent forme, me redonnent vie.

Je jouis debout, secouée de spasmes, j'ai les genoux qui vacillent, mon sexe collé à sa bouche.

Elle se relève, me serre contre elle — mes seins contre son pull d'angora noir. Elle m'embrasse, me lèche l'oreille, le cou, l'aile du nez, enfouit son visage dans mon épaule. Sa main descend vers mon ventre, effleure mon sexe...

— Non !

J'ai presque crié. L'idée d'un affleurement même superficiel me révulse les nerfs.

Elle s'en moque. Sa main force mes cuisses, et elle me branle, violemment, comme je l'ai vue se masturber elle-même, parfois, les dents serrées, le ventre tressautant sous ses doigts. Elle plie et déplie mon ventre, y enfonce ses doigts, me secoue comme le ferait un garçon maladroit...

Je crie, et je jouis à nouveau. Jamais, je crois, je n'ai eu deux orgasmes aussi proches.

Elle se déshabille, très vite, et m'entraîne sur le lit.

Elle m'enlace, son ventre contre le mien, motte contre motte, elle pèse de tout son poids sur moi entre mes jambes écartées, elle me suce les seins et je jouis encore.

Elle ne me laisse pas la caresser — pas vraiment, en tout cas. Moi, elle me fait jouir huit ou dix fois — mais je ne peux même plus parler d'orgasmes, tout en moi est devenu érogène, des cheveux au bout des ongles. Elle me suce les doigts de pied, et je jouis ; elle me lèche l'intérieur des genoux, ses doigts plongés en moi mieux qu'aucun homme ne l'a jamais fait, et je jouis. Je jouis. Je jouis.

Les hommes fouillent comme s'ils allaient arracher le vagin où ils enroulent leurs doigts. Ses doigts à elle donnent. A un moment, j'ai presque l'impression que c'est moi qui ai une main dans le vagin qui cherche à saisir la sienne.

Je suis anéantie. J'ai un geste pour la caresser à mon

tour, mais elle arrête ma main, et je suis trop épuisée pour insister. Elle prend ma tête au creux de son épaule, et je me pelotonne contre sa chaleur, une main sur son sein. Elle rabat la couette rouge et noire sur nous.

Je me suis endormie brièvement dans la chaleur de sa peau. A mon réveil, elle m'a de nouveau sucée et léchée et forcée jusqu'à ce que je hurle.

*
* *

Et doucement je reprends conscience.

— Comment savais-tu ?

— Savais quoi ?

— Pourquoi m'as-tu demandé de me déshabiller, comme ça ?

— Ah ! ça ? J'ai téléphoné à JP, ce matin, pour tout autre chose, et il m'a dit, pour hier soir.

— Pourquoi ?

— Pour que je sache, j'imagine[1].

Elle m'embrasse sur la joue.

— Simplement, je sais que nos raisons d'aimer le fouet ne sont pas les mêmes.

Elle m'embrasse encore.

— Nathalie ?

— Oui ?

— Tu aimes vraiment être frappée ?

Elle me regarde. A cause du contre-jour ses yeux paraissent plus sombres que d'habitude.

— J'aime avoir mal, dit-elle. J'aime qu'on me fasse mal. Il m'est arrivé, plusieurs fois, seule devant ma glace, de me torturer avec des aiguilles, en les enfonçant dans les seins, jusqu'à en faire des pelotes d'épingles, des saint Sébastien martyrisés. Pas toi ?

Que dire ?

— Je ne sais pas, honnêtement je ne sais pas. A chaque

---

1. Je me donnais ainsi, de temps à autre, l'illusion de continuer à les manipuler, alors que je n'étais plus, et de plus en plus rarement en outre, qu'un outil — un manœuvre d'amour, comme dit l'autre.

fois je me dis que je vais refuser, que la dernière fois était
bien la dernière, et l'instant d'après je tends mes poignets
pour qu'il m'attache, et j'ai une boule dans le ventre qui
disparaît au fil des coups, je pleure et je le supplie
d'arrêter, et en même temps j'ai conscience qu'une autre
moi-même (vraiment, comme si c'était une autre) tend les
fesses et se cambre et attend le coup suivant...

« Quand il me frappe, je ne pense à rien — rien que la
sensation de ma peau déchirée, je voudrais que ça cesse et
je veux que ça dure. Mais après, quand je ne suis plus
qu'un amas de brûlures, mille choses me traversent la tête.
Il y a dans la douleur, à un certain moment, un souvenir
qui remonte, et il me semble à chaque fois que je vais le
saisir... Pas un souvenir de douleur physique, le cerveau
ne se rappelle pas la douleur physique. Non, c'est comme
si ma peau déchirée était une métaphore d'une souffrance
sourde, enfouie.

— Tes parents, dit Nathalie.

Quoi, mes parents ? L'éclat des disputes, et moi qui
tremble dans ma chambre. Une fois, le bruit des coups, les
cris. Et l'obligation de choisir, à la fin. Qui peut choisir
entre un amour et un amour ?

L'idée m'a soudain traversée qu'en JP et Nathalie, je
cherchais à recomposer un couple fatal — bien que que je
traite Nathalie en petite fille, la plupart du temps. Que je la
punisse. Fantasme d'être frappée par mon père comme il a
frappé ma mère, comme il l'a fait souffrir, en tout cas.

— Je ne crois pas, dit Nathalie. Cherche plus loin. Les
fantasmes sont aussi des écrans — pour empêcher les vrais
souvenirs de remonter à la surface.

Fantasme de punir le ventre d'où je suis sortie — le punir
de toute ma souffrance, et de toute la leur. Est-ce un hasard
si ces derniers temps je la fouette surtout sur le sexe ?

— Tu es bête, dis-je à Nathalie, ça n'a rien à voir.

*
* *

Plus tard dans l'après-midi, nous voilà dans la salle de bains. Avec la mousse à raser que JP utilise parfois, nous nous barbouillons le sexe de savon, et avec le rasoir qu'il m'a offert, nous nous rasons l'une l'autre.

Non sans dégâts d'ailleurs. Le rasoir glisse avec un crissement jusqu'au bord des lèvres délicates. Quelques menues entailles. Le sang sourd doucement sur la mousse. Ça pique un peu.

Après, nous revenons sur le lit, et avec une pince, très patiemment, nous nous épilons l'une l'autre, complètement. Moi qui supporte mal de m'épiler « le maillot de bains », comme on dit, parce que chaque poil arraché est un mini-traumatisme qui énerve la zone et que, de proche en proche, je deviens intouchable, nous voilà en position de soixante-neuf, les yeux dans le sexe de l'autre, à nous lisser parfaitement jusqu'en haut des fesses. C'est à hurler.

En feu... Nous nous roulons l'une sur l'autre, son ventre si lisse contre le mien, deux ventres de petites filles impubères, de gamines avec des seins de femme. Son ventre est frais comme une joue, le mont de Vénus très bombé, comme des petites fesses. Sa langue court sur mon ventre, joue avec mes points les plus sensibles, s'enfonce dans mon vagin, l'explore paresseusement, au plus profond.

Elle roule sur moi, reprend mon visage entre ses mains, m'embrasse — sa langue roule sur la mienne comme un doigt humide...

C'est vrai que c'est salé...

Et je suis encore seule à jouir, comme une possédée.

*
* *

Plan suivant : je suis assise sur le bord du lit, Nathalie est à genoux entre mes cuisses ouvertes. Je me penche, je la prends par les cheveux, à pleines mains, pour relever son visage, je l'embrasse avec passion, et je lui dis que je l'aime. Et, mes yeux dans les siens, je lui pisse sur les seins.

Le jet rebondit sur mes genoux et mes mollets, se répand sur le carrelage, cerne mes pieds. L'odeur forte de l'urine monte vers nous.

Elle dégage son visage de mes mains, se penche et vient boire les dernières gouttes à la source.

Deux jours plus tard, nous étions habillées, prêtes à sortir. Je l'ai appelée alors qu'elle tenait déjà le loquet de la porte.

— Nathalie ?

— Oui ?

— Viens ici. Mets-toi à genoux, s'il te plaît.

J'ôte mon slip, retrousse ma jupe et colle mon sexe contre sa bouche déjà entrouverte. Puis, délibérément, je pisse.

Elle n'en perd pas une goutte.

C'est devenu un jeu entre nous. Souvent — et dans les lieux les plus incongrus, ou impromptus, une porte cochère, un jardin public, ou entre deux voitures en stationnement, je l'ai ainsi humiliée — ou honorée, comme on voudra.

Je me rappelle particulièrement un soir, sur le quai de Béthune, au bout de l'île Saint-Louis. Un haut lieu de la drague homo. Il y a là un lampadaire, et c'est aussi l'endroit où virent les vedettes qui promènent les touristes sur la Seine.

Elle m'a adossée au lampadaire, pendant qu'un bateau plein de projecteurs et de voyeurs virait à vingt mètres de là, et elle m'a bue, longuement, amoureusement.

*
* *

— Tirésias, me raconte JP, était à l'origine un jeune homme ordinaire. Mais un jour, passant dans un chemin creux, il rencontra deux serpents qui s'accouplaient. Les dérangea-t-il ? les tua-t-il ? peu importe, mais le voilà changé en femme.

« Sept ans plus tard, passant dans un chemin creux... deux serpents qui s'accouplent... les dérange ou les tue... bref, le revoilà garçon.

« A quelques temps de là, dispute chez les dieux. "Ce sont les hommes qui nous mangent le plaisir sur le dos", disent les déesses. "C'est vous qui avez la meilleure part", protestent les dieux. Idée (mauvaise idée !) d'interroger à Tirésias, qui après tout avait connu l'un et l'autre. Convoqué, il révèle que si le plaisir était composé de dix portions — comme le camembert —, la femme en a neuf, et l'homme une.

Héra, outragée qu'une (ex-)femme ait mangé le morceau — trahi le grand secret que vous gardez pour vous de mères en filles —, le priva de la vue. Zeus, affligée d'un tel traitement (mais ne pouvant revenir en arrière, un peu comme dans l'histoire de la Belle au bois dormant, où l'on ne peut annuler le mauvais sort lancé par Maléfique), lui donna en compensation le don de double vue — et sept vies.

— Belle histoire, dis-je.

— C'est pour ça qu'il sait tout, dès le départ, du secret inconnu d'Œdipe. Et si tu relies ça au passage du *Banquet* sur le mythe de l'Androgyne...

— Alors, est-ce que je cherche mon complément masculin, ou mon double féminin ?

— On ne va pas revenir là-dessus ! Tu cherches le même et l'autre sexe. Une queue par devant, une queue par derrière.

— Bon sang, qu'est-ce que tu peux être vulgaire !

— Mais pourquoi ? Ça t'ennuie tant que ça de dire que tu aimes être enculée ?

— C'est le mot que je n'aime pas. Trop galvaudé métaphoriquement. L'enculé, c'est le salaud. Ou le crétin.

— Eh bien, sodomisée, si tu veux. Tu aimes être

sodomisée. *Very deeply...* Ouverte comme un cul de
vache. Béante.

— JP !

Nous éclatâmes de rire.

Chapitre IX

NOEL

J'avais envie de la couvrir de bijoux sonores, comme dans le poème, et nous sommes entrées dans cette boutique un peu obscure de la rue Saint-André-des-Arts, pleine de fantaisies barbares. Des colliers et des bracelets très lourds, mélangeant métal guilloché et pierres dures, le fer, le cuivre, le cuir et les bouquets de plumes.

Nous avons essayé l'une et l'autre tout cet attirail clinquant. Les couleurs sourdes des ferrures tranchaient sur le rose pâle de son pull, et le rose plus lumineux de son cou et de ses mains. Moi, j'ai essayé toutes sortes de boucles d'oreilles — quelque chose qui m'allonge le cou, que je trouve un peu court.

— Dommage, dis-je, que tu n'aies pas les oreilles percées. Il n'y a pas de clips ici.

Le vendeur s'est approché. Un métissage de Noir et de Jaune peu fréquente en dehors des Antilles, la peau bistre, les yeux très clairs, fendus, un petit nez à peine épaté, les lèvres minces.

— Si vous voulez vous faire percer les oreilles, j'ai tout le matériel, et ça ne fait pas mal du tout, vous savez.

Moi, je savais. Nathalie hésita.

— C'est ma mère qui n'a jamais voulu, dit-elle.

Etait-ce une objection ? Je le pris comme une acceptation. Elle ne protesta pas, d'ailleurs.

— Attendez, dit le vendeur si exotique.

C'était comme un petit pistolet. Il désinfecta le lobe à l'alcool — l'odeur envahit d'un coup l'étroite boutique —, pinça le lobe dans l'appareil et le transperça en installant en même temps un poinçon doré à tête ronde. Une oreille, puis l'autre. Nathalie supporta l'opération avec une grande dignité. A peine un battement de cils quand l'aiguille lui transperça le lobe. Une oreille, puis l'autre.

— C'est bien, dis-je en lui caressant la joue.

Puis je me suis retournée vers l'homme.

— Faites-lui un deuxième trou à l'oreille gauche, au-dessus, s'il vous plaît.

Elle allait se lever, elle se rassit.

— Ça va faire un peu plus mal, dit-il. Mademoiselle a de tout petits lobes. Je vais percer dans le croquant.

— Allez, dis-je.

Juste un peu plus douloureux. Elle a eu comme un rictus, vite maîtrisé.

— Voilà.

Elle s'est levée.

— Et n'oubliez pas, ajouta le vendeur. Il faut régulièrement tourner les clous, pendant quelques jours, pour que le trou ne se rebouche pas.

Nous avons réglé nos achats et la petite opération, et nous sommes sorties. J'étais pressée de la voir nue et parée de ces bijoux sombres et excessifs.

L'idée me vint après lui avoir fait l'amour, quelques heures plus tard. Elle était allongée, elle me tournait le dos, ses fesses contre mon ventre, en cuillère. Je l'enlaçais du bras gauche, je jouais avec les pointes de ses seins.

Je me suis soulevée, appuyée sur le coude droit, je l'ai embrassée dans le cou, à la racine des cheveux, derrière l'oreille. Elle a ronronné.

J'ai regardé son oreille. Un peu de sang s'était cristallisé derrière le lobe. J'ai pris les têtes des deux clous, l'un après l'autre, et je les ai tournées doucement. Elle a eu un court mouvement des épaules, puis m'a laissée faire.

Deux anneaux de tailles différentes, de longues boucles accordées aux colliers, qui mettraient en valeur la blondeur pâle des cheveux et la nacre du cou...

« Pourquoi juste aux oreilles ?, ai-je soudain pensé.

Je suis retournée à la boutique. Le vendeur m'a reconnue, bien sûr. S'est empressé.

— Dites-moi… Avec votre poinçon à oreilles… Qu'est-ce que vous pouvez percer d'autre ?

Il a eu un sourire répugnant :

— La narine, propose-t-il. Ou n'importe quoi, pourvu que je puisse pincer la chair. Enfin, sur certains points, il vaut mieux recourir aux anciennes méthodes, sinon ça coagule trop facilement. Et puis il y a des endroits où ce n'est pas simple de tourner les clous, n'est-ce pas ?

Je n'avais aucune envie qu'il devienne égrillard.

— Les seins aussi ? demandé-je.

— Bien sûr. C'est très fréquent, vous savez.

Aucune envie non plus qu'il m'entretienne des fantaisies des autres.

— Très bien. Alors, à demain.

— Je suis fermé, demain.

— A lundi, alors.

Je lui avais dit de mettre un pull noir et une jupe. Elle arriva vers trois heures.

— Non, n'enlève pas ton imper, on ressort.

Il y avait deux touristes dans la boutique, et nous attendîmes sagement. Nathalie semblait à la fois surprise de se retrouver là et intéressée par la situation. J'avais le regard fermé, absent, de quand je la maltraite.

— Venez par ici, dit le vendeur.

Il nous fit passer dans l'arrière-boutique, et alla lui-même fermer la porte du magasin.

— Nous serons plus tranquilles, dit-il.

L'endroit était étroit et mal éclairé. Il poussa un interrupteur, un spot latéral s'alluma, illuminant le centre de ce boyau étroit aménagé.

— Le nez d'abord, dis-je. La narine gauche.

Il utilisa encore le petit pistolet spécial. Nathalie me regardait intensément. L'odeur de l'alcool était plus prenante encore dans ce couloir sans air.

L'homme était habile, mais, appréhension ou sensibilité

plus grande, elle eut visiblement mal cette fois. Une goutte de sang perla, roula sur l'orbe du nez et s'arrêta sur l'ourlet de la lèvre Dieu qu'elle était belle ainsi !

Quand ce fut fait :

— Enlève ton pull, s'il te plaît.

J'avais une voix blanche, d'une froideur émue. Elle obéit sans commentaire. Dessous, elle portait un soutien-gorge pigeonnant de dentelle noire et argent, et je me demandai brièvement, pour la millième fois peut-être, où diable elle trouvait l'argent pour s'offrir de pareils colifichets.

— Le soutif aussi.

Ses seins semblèrent jaillir sous la lumière dure du spot. Le vendeur frétillait dans son immobilité. Il se retourna, prit quelque chose derrière lui, revint à nous.

Il tenait à la main une sorte de courte poire au bout de laquelle brillait une aiguille. Il appuya sur un bouton. En trois secondes, l'aiguille fut portée au rouge.

Je me penchai vers l'exécuteur :

— Percez-lui les deux seins, s'il vous plaît. Juste derrière la pointe.

Nathalie eut un mouvement, l'homme hésita, je la giflai doucement. Elle s'immobilisa.

Le nègre chinois lui passa un coton imbibé sur les seins, et les pointes se durcirent, devant nous.

— Ce sera plus facile, dit-il. Surtout, ne bougez pas, mademoiselle.

Il y eut une léger grésillement. Une vague odeur de cochon grillé se mêla aux effluves alcoolisés.

— Si vous voulez, vous pouvez tout de suite installer des anneaux, dit-il.

Je l'avais prévu. Je sortis de mon sac de petits anneaux d'or, d'un centimètre et demi de diamètre à peu près, pour laisser à la pointe la place de s'allonger sans buter sur le métal.

—Passez-les lui, dis-je.

Les doigts sombres qui tripotaient les seins blancs paraissaient obscènes.

Du bout des doigts, je fis ballotter ces nouveaux ornements. Nathalie n'avait pas cessé de me regarder.

— Lève-toi, ordonnai-je. Soulève ta jupe. Qu'est-ce que tu as dessous ? Enlève-moi ces collants, le froid n'est pas une excuse pour te caparaçonner ainsi. Le slip aussi. Bien. Rassieds-toi. Plus en arrière. Mets les cuisses sur les accoudoirs. C'est bien, ma belle. Ma toute belle.

L'homme attendait, gluant d'excitation, les yeux rivés sur le sexe rasé de Nathalie. Je me penchai, écartai les grandes lèvres et dégageai son clitoris, sous lequel je pressai mon doigt :

— Percez-la ici, dis-je.

Il s'agenouilla entre les cuisses ouvertes, son coton d'une main, l'aiguille rouge de l'autre. Nathalie ne cessait pas de me fixer. Soudain, une larme glissa de sa paupière. Elle ne fit pas un geste pour l'essuyer.

— Je ne peux pas passer d'alcool ici, dit l'homme. Elle va hurler.

— Mais non, dis-je, bien sûr qu'elle ne hurlera pas. N'est-ce pas que tu ne vas pas hurler ?

Elle eut une sorte de spasme, bouche ouverte, comme un poisson, quand le type passa son coton sur les muqueuses délicates. Et un haut-le-corps quand il écarta à son tour les lèvres délicates et pinça entre ses doigts la petite crête de chair.

— Attendez, dis-je.

Je me penchai sur Nathalie et l'embrassai, doucement. Elle garda les yeux ouverts, et saisit entre ses dents ma lèvre inférieure.

— Allez-y, murmurai-je.

Il y eut un grésillement. Nathalie me mordit jusqu'au sang — et j'eus soudain l'impression que c'était le goût de son propre sang que j'avais dans la bouche. Elle avait fermé les yeux, finalement, et de grosses larmes roulaient sur ses joues. Elle lâcha ma lèvre. Le sang-mêlé se releva, un peu congestionné.

— Vous pouvez passer un anneau, dit-il avec un effort.

Je lui en donnai un, un peu plus large que ceux des seins.

— Faites, dis-je.

Il se pencha à nouveau, tâtonna plus longtemps.

— Ecarte-toi davantage, lui demandai-je.

Elle obéit. Qu'aurait-elle pu faire d'autre ?

L'anneau d'or brillait d'un éclat incongru dans ce sexe épilé.

Je pris les collants, le slip et le soutien-gorge, les roulai en boule et les mis dans mon sac.

— Remets ton pull, dis-je.

Elle se leva, la jupe retomba sur ses genoux.

—Je vais avoir l'air fine, les jambes nues avec le temps qu'il fait, dit-elle.

— L'affaire de cinq minutes. On traverse la Seine, et je t'offre des bas et un porte-jarretelles. Ce sera très joli, tu verras.

Je me tournai vers l'homme :

— Je vous dois ?

Il donna l'impression de se réveiller.

— Rien dit-il avec effort. Vous ne me devez rien. Je suis déjà largement payé.

Je n'eus pas un sourire.

— Très bien, dis-je. Alors, au revoir.

Il s'était arrêté de pleuvoir. Nathalie partit comme une flèche vers la rue Dauphine. Puis soudain se tourna vers moi :

— Tu exagères, dit-elle.

Je lui souris. Ma lèvre me faisait horriblement mal. Je la léchai, j'eus l'impression qu'elle avait triplé de volume. Je me sentais pleine d'une joie féroce.

— Tu as raison, dis-je, j'exagère. Tu seras punie pour t'y être prêtée.

Nous allâmes à la Samaritaine, et finalement je lui choisis une guêpière blanche et des bas noirs très fins.

Je lui fis essayer la guêpière, qui exhaussait les seins sans en occulter la pointe ni les anneaux, et appelai la vendeuse pour qu'elle nous donne son avis. La vue des seins percés, mis en valeur par l'armature de dentelle, la laissa sans voix. Ce fut fort divertissant.

— Laisse-moi payer, dit Nathalie.

A la caissière, elle tendit deux billets de cinq cents francs tout neufs.

— Bon sang, d'où sors-tu tout ce blé ?

— Un petit boulot, dit-elle sans me regarder.

Puis nous descendîmes au sous-sol du grand magasin. Rayon bricolage.

Et j'achetai des chaînes.

— «... de lourdes chaînes, pour toi, mon amour », récitai-je tout bas.

— Qu'est-ce que tu dis ? demanda Nathalie.

— Rien, ma beauté, rien. Viens, on rentre. J'ai très envie de toi.

Sensation étrange et délicate de sucer un sein et de titiller du bout de la langue un petit anneau qui en traverse la pointe, sensation bien plus délicate encore lorsque je joue avec son clitoris percé, et qu'elle finit par gémir et jouir rien que sous ma langue...

Et pour elle, me dit-elle, la sensation torturante de ma bouche jouant avec sa chair perforée et brûlée...

— Je t'appartiens, me dit-elle.

*
* *

Dix jours plus tard, c'était Noël. Je lui téléphonai le matin, tôt, pour la cueillir au saut du lit, être sûre qu'elle serait là. «Oui ?» dit-elle avec plein de sommeil dans la voix.

— Qu'est-ce que tu fais ce soir ?

— Ce soir ? Qu'est-ce qu'il y a ce soir ?

—Noël tu sais, les cadeaux dans les escarpins, la dinde aux marrons et la messe de minuit...

— Je ne fête pas Noël, dit-elle. Pas à la maison en tout cas.

Je me promis d'aller un jour rendre visite à ces gens qui ignoraient délibérément Noël.

— Bien, alors, tu es libre ?

— J'avais vaguement prévu quelque chose...

— Annule. Tu peux être prête vers huit heures ? Je

passerai te prendre en voiture.

— Comment je m'habille ?

— Chaud, dis-je. Gros pull. Manteau une jupe courte et des bas.

— Où tu m'emmènes ?

— A la messe, ma chérie, à la messe. C'est le soir pour ça. Mais assez loin. Alors, si on veut y être pour minuit...

— Je n'ai pas envie, dit-elle.

— Mais si, tu as envie. Huit heures, en bas de chez toi.

Des HLM sordides de la banlieue sud-est.

Elle sortit en coup de vent — belle des pieds à la tête, dans une symphonie de blancs — blanc cassé d'un manteau de laine, blanc pur d'un gros pull d'angora, blanc écru de la jupe tissée épais, dentelles blanches des bas — et des escarpins rouges qui lui faisaient un tout petit pied.

Elle marqua un temps d'arrêt à la porte de l'immeuble. J'entendis une voix hystérique qui tombait du ciel. Elle haussa les épaules, comme excédée, en levant les yeux vers le ciel noir.

Presque tous les lampadaires étaient cassés. Je m'étais garée sous le seul qui fonctionnât encore, et au fur et à mesure que Nathalie approchait, je pris plaisir à regarder les ombres verticales la transformer en sculpture mouvante.

Elle entre, elle m'embrasse papillon, elle sent merveilleusement bon — bouquet de fleurs pour blonde légère.

— Qu'est-ce que c'est ? C'est nouveau, non ?

— Guerlain, dit-elle. Jardins de Bagatelle.

A ses oreilles et à son nez, elle a vissé trois clous de diamant.

— Et plus bas ? demandé-je.

— J'ai laissé les anneaux, dit-elle tranquillement.

Je contourne Paris, le périphérique se vide à toute allure, et sur l'autoroute de Bretagne il n'y a pas un chat.

— J'aime les autoroutes, dis-je.

— Pourquoi ? C'est mortel d'ennui, quand on conduit.

— Oui, mais je me mets en cinquième une fois pour toutes, et de la main droite je peux te caresser les cuisses jusqu'à plus soif.

… Juste à la jointure des bas et de la peau…

— Je n'ai pas mis de slip, dit Nathalie.

C'est vrai. Et pendant deux cents kilomètres, ma main s'énerve entre le Nylon rapeux du genou, la douceur de sa cuisse, la moiteur de son ventre.

Nous avons dû faire le plein, un peu avant de sortir au Mans. L'une des rares stations d'autoroute qui ne soit pas encore en self-service. L'employé est venu vers nous avec l'enthousiasme d'un type qui passe Noël dans les vapeurs de carburant. Nathalie, avec ce sens de la provocation tranquille que je lui envie tant et que je lui reproche, a gardé les cuisses largement écartées sur sa jupe haut troussée. J'ai cru que le garçon de la station-service allait mourir d'apoplexie devant ces cuisses de lait au-dessus des bas, ce sexe épilé et l'anneau d'or brillant d'un éclat incongru.

— Pourquoi as-tu fait ça ?

— C'est Noël, dit-elle.

Nous nous arrêtons au Mans.

— Le temps de grignoter quelque chose, lui dis-je.

— Pourquoi Noël au Mans ?

— Nous allons un peu plus loin. Mais j'ai besoin de calories, et toi aussi.

Ça les a beaucoup scandalisés, au Mans, ces deux gouines qui se caressaient les mains pendant tout le repas. Au dessert, Nathalie a voulu des fraises et du champagne : elle les a prises l'une après l'autre délicatement entre les dents, me donnant à croquer, à chaque fois, une moitié de fraise et ses lèvres.

Remue-ménage dans le restaurant…

Puis nous avons pris la direction de Nantes, avant de bifurquer vers Sablé.

Il pouvait être onze heures et demie.

Solesmes est un bijou roman remanié par les orfèvres du gothique, comme on dit dans les guides. Les bénédictins qui l'occupent se consacrent à l'exercice du chant grégorien, et les messes de Solesmes sont si courues qu'il faut réserver sa place, et longtemps à l'avance.

Ce quasi-embouteillage en rase campagne à une heure pareille avait quelque chose d'étrange.

Plain-chant...

Au fil des heures, le visage de Nathalie se transfigura. Sa ressemblance avec les statues des saintes femmes ensevelissant le Christ se fit plus nette — le visage d'un blanc veiné de blanc émergeait du large col du pull comme une fleur pâle, les diamants paraissaient presque plus charnels que la chair, les mèches décolorées qui effleuraient les joues étaient les seules taches de lumière.

Il y eut bien sûr des pauses, entre minuit et cinq heures du matin. A chaque fois Nathalie semblait émerger d'un rêve macabre — elle revenait d'entre les morts avec un effort visible, comme si tout la tirait sans cesse là-bas dessous. Mon Dieu, pourquoi étais-je venue ici ? D'un seul coup, comme une évidence sinistre, j'eus le sentiment que j'allais bientôt la perdre.

Et j'eus aussi la certitude que tout le libertinage dont j'avais camouflé mon amour pour elle était un masque bien maladroit pour cette fièvre qui remontait en moi — cette angoisse de me sentir complètement enchaînée à elle.

Je me penchai vers elle, en l'enlaçant :

— Je t'aime, lui dis-je. Je t'aime tant...

Et contrairement à ce qui arrive trop souvent, mes pauvres mots ne me semblaient pas sonner faux.

La statue tourna la tête vers moi, sans sourire. Il y avait dans son regard une telle expression de douleur que j'en fus décontenancée.

— Ne me le redis jamais, Florence. Jamais !

— Qu'est-ce que j'y peux ? Je t'aime comme j'aime le soleil ou la lune, comme j'aime les pierres, ou la musique qui fait vibrer les pierres. Je dis je t'aime parce que je n'ai pas d'autres mots, que je n'ai jamais connu ça, et que ce doit bien être ce que l'on appelle l'amour, cette chose qui me ravage le ventre quand je te touche, quand je te regarde, et quand je t'imagine.

— C'est fini ?

Il y a dans sa voix une ironie mortelle, et dans ses yeux des larmes inattendues.

Nous sommes parties vers cinq heures, le chœur retentissait encore des échos croisés du chant des moines.

Dans les fossés du château d'Angers, un grand daim, insolite à cette heure de la nuit, fixait les projecteurs avec le mépris souverain des esclaves.

Nous trouvâmes sans trop de peine ce petit hôtel de la vieille ville, derrière le château, où j'avais réservé une chambre. Difficulté de se faire ouvrir, mais confort de ce bijou d'alcôve douillette et surchauffée.

— Si vous préférez, hésita le gardien de nuit, il me reste une autre chambre avec deux lits jumeaux.

— Inutile, ça ira très bien.

Je lui octroyai un pourboire somptueux qui le renvoya sans commentaires à ses somnolences masturbatoires.

Je me retournai vers Nathalie :

— Je t'aime, sais-tu…

J'allai à elle et je lui ôtai son pull d'angora blanc - j'avais l'impression d'écorcher un lapin. J'enfouis mon visage dans ses seins ; les fleurs de Guerlain s'y agitaient encore faiblement…

Ce fut une nuit courte et exquise, toute de caresses, d'effleurements, de vallonnements conquis et reconquis. A un certain moment, comme elle creusait ses reins sous mes doigts, un vers de Racine me revint et ne me quitta plus : et je l'inondai de baisers pendant deux heures encore en me répétant, de façon idiote, «sa croupe se recourbe en replis tortueux»…

Amour monstre… Comme elle dormait, plus tard, statufiée cette fois des pieds à la tête, je restai longtemps à la contempler, et insidieusement mon regard s'égara au-delà de son corps, au-delà de ces courbes, fixant avec

obstination les doubles rideaux qui occultaient le jour
grisâtre. Et je vécus comme jamais, en cette aube de Noël,
ce sentiment de solitude qui vous prend au cœur de
l'amour pour vous signifier, noir sur blanc, qu'il y a des
douleurs ténues plus féroces que les tortures physiques[1].

Je m'allongeai contre elle, ses fesses contre mon ventre,
ma main posée sur un sein, par-delà son épaule. Un silence
épais montait du dehors. Je ne l'entendais pas respirer,
mais la chaleur de sa peau m'inondait le ventre — comme
si elle restait brûlante après la mort.

---

1. C'est ainsi : l'amour, qui tient bien à ce je ne sais quoi dont cause
Blaise, ne se dit pas, alors que l'on peut indéfiniment décrire une
situation érotique, au-delà même de la patience du lecteur. Ce matin-
là, ses doigts ou sa bouche enfoncés en Nathalie, ses ongles labourant
sa chair ne voulaient plus rien dire *dans le détail* — juste l'évidence
d'un amour total, corps et âme.

Chapitre X

— JP ? Tu peux te dégager demain soir ?

— Demain, non. Après-demain, si tu veux.

— D'accord. Tu viens vers sept heures ? Ah ! Nathalie sera là. Avec une surprise. On va faire beaucoup de photos, mais je préparerai l'appareil, et tout l'attirail. D'accord ?

Et je raccrochai. Je n'ai jamais passé beaucoup de temps au téléphone. Je n'aime pas ne pas voir les visages.

Je passai la journée du lendemain à chercher, dans les boutiques spécialisées, une cagoule dont j'avais l'idée sans en avoir le dessin exact. Trop de skaï, trop de paillettes. Je trouvai finalement ce que je voulais dans une sex-shop de la place Blanche. Une cagoule de cuir — « du veau », me précisa le vendeur — qui prenait complètement la tête, et s'attachait, par derrière, avec trois brides. Non pas un masque de bourreau, mais la cagoule de la victime. L'emplacement des yeux et du nez était marqué comme pour un masque, par un relief approprié, mais il n'y avait de trous que pour la bouche — un trou rond comme un hurlement. Là-dedans, elle ne sera qu'un cri aveugle.

Puis je me passai un vieux fantasme, et je fis aussi l'acquisition d'un godemiché de trente centimètres, dans une matière indécise qui évoquait la peau de pêche. Il s'accrochait à la taille avec une ceinture et deux lanières qui passaient entre les cuisses et venaient se raccrocher sur les reins.

« Ça laisse libre accès à mon corps », pensai-je.

Le vendeur me fit un prix pour les deux articles, parce que je n'avais pas assez de liquide sur moi, et je n'avais pas envie de payer par chèque : pour recevoir gracieusement Dieu sait quelles publicités craquantes...

*
*   *

J'ai tout bien disposé sur le lit : le masque, les chaînes et les chaînettes, la paire de menottes, la cravache et le fouet, et le godemiché.

J'ai installé soigneusement tout le matériel photo dont nous disposions, spots et projos, deux parapluies, deux pieds avec les appareils déjà en place, chargés d'une pellicule noir et blanc très sensible qui nous permettrait de conserver une vitesse de prises de vues compatible avec une certaine spontanéité. J'ai préféré, au dernier moment, changer les objectifs déjà en place par un même zoom, un 28-135 très pratique qui nous permettrait de varier le point de vue sans en avoir l'air. On gagnerait en maniabilité ce que l'on perdrait en lumière.

J'ai mis le chauffage au maximum, et j'ai tiré les doubles rideaux.

J'ai pris une douche, je me suis maquillée très soigneusement et je me suis parfumée avec l'Heure bleue de Guerlain.

J'avais une boule sur l'estomac comme si j'étais pucelle et que ce fût le grand soir.

JP est arrivé le premier, comme prévu. Un coup d'œil lui a suffi pour comprendre.

— C'est pour de vrai, ce soir, Flo ?

— J'ai horreur que tu m'appelles Flo, dis-je.

Ma voix était complètement méconnaissable à mes propres oreilles.

Il a haussé les épaules et vérifié les appareils.

— Inutile de laisser un filtre UV sur les objectifs, a-t-il grincé.

Inutile, en effet…

Nathalie est arrivée vers huit heures du soir. Elle portait, comme je le lui avais demandé, une longue robe bleue — un fourreau presque — de cachemire, boutonnée par devant de haut en bas, que je lui avais offerte peu de temps auparavant.

— Je n'ai rien dessous, dit-elle en entrant, après avoir ôté son manteau..

Je l'ai embrassée. Elle a regardé le lit encombré d'instruments sans équivoque. Elle a ri, la folle.

— Tu vas me faire très mal, ce soir, Flo ?

— J'ai horreur que vous m'appeliez Flo, ai-je répété.

JP a fait sauter le bouchon d'une bouteille de champagne, et nous avons trinqué agréablement, en parlant de choses et d'autres et de tout le bonheur que nous nous souhaitions pour la nouvelle année. Je voyais Nathalie, parfois, jeter un coup d'œil vers le lit et les objets menaçants qui y étaient rangés.

Elle s'est levée, elle a saisi le godemiché.

— Comment ça se met ?

— Déshabille-toi, ai-je dit.

— Déshabille-moi, a-t-elle répliqué.

Un à un, j'ai défait tous les boutons de sa robe[1]. Elle n'avait effectivement rien dessous.

Au passage, j'ai remarqué qu'elle s'était soigneusement rasé ou épilé la motte, elle était imberbe comme une joue d'enfant. Je me suis penchée, je l'ai embrassée légèrement.

A mon tour, je me suis mise nue.

— Ça se met comme ça, ai-je dit, et j'ai attaché la verge artificielle à mon ventre. Maintenant qu'elle ballottait à ma ceinture, elle me paraissait ridiculement grande. Plus un phallus antique qu'une queue véritable. Je ne suis pas très grande, et j'avais l'impression bizarre, incongrue, d'être

---

1. Florence a-t-elle consciemment copié une scène de *l'Homme qui aimait les femmes* de Truffaut ? Son récit est souvent imprégné de ces réminiscences, volontaires ou non.

attachée au bout de ce leurre.

Puis j'ai patiemment relié tous les anneaux de son corps avec les chaînettes que j'avais achetées, de ses oreilles à son nez, de son nez à ses seins, de ses seins à son ventre.

Nous l'avons ensuite parée de bijoux, boucles d'oreilles et colliers, bracelets clinquants et barbares, chaînes de cheville...

J'ai passé un doigt dans le sillon de son sexe en l'embrassant. J'ai joué quelques instants à titiller l'anneau qui lui transperçait le clitoris. Elle était trempée. Elle a murmuré :

— Ça va faire très mal ?

— Bien sûr que ça va faire très mal, idiote.

— Tant mieux. Je t'aime.

Et elle m'a rendu mon baiser avec une passion, une fougue renouvelées.

JP lui a passé les menottes par devant. J'ai pris une chaise, et j'ai fixé une chaîne d'un bon calibre, assez courte, à l'anneau du plafond.

— Lève les bras, lui ai-je dit.

Il fallait qu'elle se soulève un peu sur la plante des pieds. Avec une manille, j'ai relié les menottes à la chaîne qui pendait au plafond.

Elle est étrange ainsi : nue et parée, maintenue en extension par la chaîne...

Ses mains sont dans les menottes comme des oiseaux prisonniers.

Je tourne autour d'elle, avec ce sexe démesuré attaché à la ceinture. Je la caresse lentement, délicatement — longuement. Je dois me mettre vraiment sur la pointe des pieds pour l'embrasser ou lécher son oreille ou son cou.

Notre reflet dans le miroir ne manque pas d'intérêt équivoque.

JP, qui depuis tout à l'heure s'est fait aussi discret que possible (« C'est toi l'organisatrice, moi, je ne suis que l'outil », m'a-t-il dit dans un éclair de lucidité), achève une première pellicule de photos, recharge l'appareil et vient faire boire une autre coupe de champagne à Nathalie.

Il est resté complètement habillé, mais il s'est mis pieds nus.

Le vin coule de ses lèvres sur son cou et ses seins, vient pétiller jusque sur son ventre.

Je frotte la verge synthétique à ses fesses comme si c'était une vraie. Je la promène entre ses cuisses. Elle gémit.

— Prenez-moi, murmure-t-elle.

Je fais non de la tête.

Je regarde JP. Il est retourné derrière un appareil. Je sais qu'il ne voit plus, déjà, que les cadrages qu'il expérimente en jouant sur le zoom, sans appuyer encore sur le déclencheur.

J'enfonce un peu le gode dans le ventre de Nathalie — sur un tiers de sa longueur peut-être. Elle gémit encore, essaie de se cambrer, malgré sa position malcommode, pour que je la pénètre complètement.

Je me retire d'elle, vais au lit, et prends le fouet.

Dans le miroir, JP, le doigt en attente sur l'appareil. L'instant se fige.

Je caresse Nathalie avec la lanière dure.

Elle me regarde bien en face.

— Dis-moi que tu m'aimes, dit-elle.

— Je t'aime, dis-je en écho. Je t'aime.

Après, tout ce qui suit appartient à l'histoire des cataclysmes.

Je ne cherche pas à la fouetter avec méthode. Je la frappe de dos et de face, sans rien épargner, tout de suite très fort. Elle tournoie sur elle-même, et la lanière qui vient de déchirer ses épaules lui mord les seins au coup d'après. Les chaînettes et les bijoux brinquebalent. J'entends les déclics sans trêve des appareils.

Peu à peu les marques des coups se superposent au réseau de métal qui la piège. Elle est comme couverte, à présent, d'une maille irrégulière de traces brunes et violettes.

La lanière a frappé sur la pointe du sein droit et a à moitié arraché l'anneau de son trou de chair — ça saigne abondamment.

Parfois j'enchaîne les coups, très vite, sans laisser à son corps le temps de s'immobiliser, et la lanière frappe au hasard. Parfois, je guette dans le miroir le moment où le grand corps blond s'arrête de tournoyer au bout de sa chaîne, et je me retourne alors pour frapper à propos, sur les seins, les cuisses ou le dos. Syntaxe alternativement baroque et classique…

Je n'ai pas compté, mais j'ai dû frapper une cinquantaine de fois, de toutes mes forces. Nathalie a tenu bon jusqu'au trentième coup, puis elle a crié ou gémi, après, à chaque coup. Je l'avais fait crier déjà, bien sûr, mais très rarement, comme par surprise, lorsque la chair malmenée protestait brièvement. Mais ce soir, je veux aller au-delà du plaisir qu'elle prend à être battue — je veux qu'elle ne soit plus que nerfs à vif, chair ouverte, passion. Crucifiée.

Je jette le fouet par terre.

Elle oscille encore quelques instants au bout de sa chaîne.

Je vais à elle, je l'embrasse, la caresse, tire sur les chaînettes et les anneaux pour lui arracher de nouveaux cris.

Je me mets sur la pointe des pieds, je dévisse la grosse manille et je dégage les menottes.

Elle glisse à genoux, comme au ralenti.

Je la serre contre moi, je l'embrasse encore sur tout le corps. Sa peau est brûlante. Au bout de son sein, son sang a un goût de terre et de fer.

Je la prends par les cheveux et je la mets à quatre pattes, puis je passe derrière elle, et je m'enfonce dans son ventre, en levrette.

J'entends juste les déclics successifs des appareils.

Je n'arrive pas à enfoncer complètement l'énorme godemiché. Je la laboure, plus violemment qu'une brute — comme l'hermaphrodite violeur que je suis. Elle crie à chaque coup de boutoir comme elle criait tout à l'heure sous le fouet.

Je me retire de son sexe, j'ajuste le gland synthétique entre ses fesses et je la sodomise comme elle ne l'a jamais été — comme si je l'empalais, comme si je voulais la transpercer jusqu'au cœur, et ressortir par sa bouche.

Au plus profond. Elle crie de nouveau, tant l'écartement imposé à son anus est monstrueux, quelque habitude qu'elle en ait.

Je veux chasser de son cul le souvenir des queues qui s'y sont enfoncées.

A chaque coup de reins que je donne, la base du godemiché appuie sur mon sexe, presque douloureusement.

J'aimerais éjaculer. Savoir que je ne le peux pas me rend plus sauvage encore.

Et j'aimerais aussi être prise comme je prends Nathalie — plus fort même.

Je me tourne vers JP :

— Viens, s'il te plaît.

Il secoue la tête.

— Frappe-moi…

De nouveau il refuse et continue à photographier, imperturbable.

Nathalie a appuyé son front contre ses mains liées, les reins très exhaussés, totalement offerte aux poussées que j'imprime à mon leurre.

Je sors de son cul, et je m'enfonce de nouveau dans son vagin, le temps de quelques allers-retours. Puis de nouveau je la sodomise, comme pour la tuer.

Le temps s'est arrêté.

Est-ce qu'elle a joui, d'être ainsi labourée ?

Elle n'a pas cessé de pleurer.

Je ne sais pas comment dire le plaisir que j'y prends. Ni comment qualifier le plaisir qu'elle y prend.

Je sors de ses reins, son cul si rond, si délicat, zébré d'amour, bâille comme porte ouverte. Il en sort une mousse sanglante.

— Mets-toi debout, dis-je en l'aidant à se relever.

Je la rattache à la chaîne du plafond comme auparavant.

Je vais vers le lit. Je prends la longue cravache.

Dès le premier coup, elle hurle. Elle hurle à chaque impact, comme si chaque coup la plongeait dans une horreur sans fond.

Je frappe peut-être une vingtaine de fois. Les boursouflures de la cravache, presque toujours droites, viennent en surimpression sur les lignes plus irrégulières et confuses du fouet. La peau a éclaté en une dizaine de points. Sur les derniers coups, elle a plié les genoux, suspendue de tout son poids à la chaîne qui tient les menottes. Ses mains prisonnières sont ouvertes et suppliantes, comme si elles cherchaient à s'envoler.

Je suis en nage.

Le miroir me renvoie mon image de bacchante échevelée, horriblement membrée, hors d'elle.

JP n'a pas cessé de photographier. J'ai presque l'impression qu'il se réfugie douillettement derrière les appareils, pour ne pas prendre trop de part à mon délire.

Je jette à son tour la cravache.

Je me colle au corps de Nathalie, je la ramène à la conscience, je la couvre de baisers. Elle tend les lèvres vers les miennes. Sous les larmes, son maquillage lentement se décompose.

Dieu qu'elle est belle ainsi !

Passion. Souffrance. Mort et résurrection.

Quand il n'y a plus de raison, il n'y a pas de raison d'arrêter.

Je suis à genoux, entre ses jambes, j'écarte ses cuisses, je glisse ma bouche sur son sexe et je la bois, longuement. Je tire avec ma bouche sur la chaînette qui relie son clitoris à ses seins. Elle a une sorte de hoquet de souffrance.

Mes doigts l'investissent.

Son vagin suce mes doigts. Elle jouit en sanglotant.

La grosse queue factice bat entre mes cuisses, comme si elle m'appartenait.

Je me tourne vers JP.

— Prends-la, dis-je.

— Non, fait-il, l'œil toujours rivé à l'appareil.

— S'il te plaît…

— Non, répète-t-il. Et il a l'air très décidé.

Sur la pointe des pieds, je dévisse la manille et je dégage les menottes.

Si je ne l'avais pas soutenue, elle aurait glissé à terre comme une poupée de chiffon tuée.

Doucement, j'accompagne sa chute à genoux. Elle tombe en avant sur ses deux mains entravées. Son ventre, ses seins, son dos, ses fesses et ses cuisses ne sont plus qu'un désordre de lignes bleues, de boursouflures désordonnées, illisibles.

Je me débarrasse de ma prothèse, je la jette par terre comme j'ai jeté le reste.

Je prends la cagoule sur le lit. Je reviens vers Nathalie, que je relève en la maintenant à genoux.

Posément, je défais les chaînettes de ses oreilles, de son nez et de ses seins, et je les laisse pendre de tout leur poids à son ventre.

Je lui passe la cagoule, difficilement à cause de la masse des cheveux blonds, dont les mèches bouclées, mouillées de sueur, dépassent du masque de cuir luisant.

Elle n'est plus qu'une forme indistincte, sans visage, sans yeux, juste une bouche. Elle halète très fort parce qu'elle étouffe un peu, et qu'elle pensait qu'elle en avait fini, et qu'elle a peur, de nouveau.

Je la remets debout, je la rattache au plafond.

De nouveau je la caresse. Singulière sensation de tous ces renflements qui dessinent un paysage de vallons et d'ombres sur sa peau si claire et si belle.

Je prends le rasoir que JP m'a offert, je l'ouvre[1].

Et posément, avec une application maniaque, sans appuyer, j'ouvre une à une au rasoir les boursouflures de son corps. Le sang violet qui bouillait sous la peau soulevée coule en filets sur sa poitrine, son dos, ses fesses et ses jambes.

Parfois, je m'interromps quelques instants, et je me caresse. Je suis au bord du spasme — alors j'arrête mes doigts, et attends un instant que mon souffle s'apaise avant

---

1. Sur les photos que j'ai faites à ce moment-là, Florence a l'air folle. Je crois qu'elle l'était.

de recommencer à la torturer.

A chaque fois la brûlure du rasoir la rappelle à la vie, elle émet un gémissement étrange, animal, et elle a une sorte de mouvement convulsif qui jette quelques gouttes sur le carrelage blond.

Je suis debout, tout contre elle, je m'imbibe de sa chaleur, je me frotte à sa peau décousue, je m'inonde de sang. Je l'embrasse dans le cou. J'y porte la lame.

—Tt, tt, susurre JP derrière son objectif.

Je crois qu'il a pensé soudain que j'allais la tuer. Je crois que nous l'avons tous pensé, d'ailleurs, Nathalie et moi aussi, je crois que j'allais l'égorger. Sentir sur moi le sang qui bat follement dans son artère jugulaire.

Il y a dans la pièce, à présent, une odeur bizarre, l'odeur même de la peur, un parfum nauséeux, fascinant, que je hume pour la première fois.J'arrête mon geste, et lentement je reviens à moi.

Nathalie pend, inerte, au bout de la chaîne.

Je la détache, et je la laisse couler au sol comme une cascade épuisée.

Je reste là, à la regarder gisant à mes pieds, tache blanche et rouge, masque noir, sur la terre cuite des tommettes.

J'ai conscience d'un déplacement de l'air, dans mon dos.

JP vient à moi, me prend très doucement par les épaules.

Je suis tétanisée.

Il m'embrasse tendrement sur la tempe.

— Eh bien ! dit-il.

Il y a de l'admiration dans sa voix.

Il se penche sur Nathalie, et avec des gestes rapides et précis, défait la cagoule, qu'il lui ôte en la retournant comme une peau d'animal qu'on écorche.

Elle a les yeux fermés, les narines pincées. Son maquillage a coulé partout, s'est infiltré en taches grises entre le masque et la peau.

Il tend la main vers la bouteille de champagne et lui en verse une longue rasade sur le visage. Les bulles pétillent sur sa peau comme de l'eau oxygénée sur une écorchure.

Elle met du temps à revenir à elle — comme si elle revenait de très loin.

— Ça va ? dit-il bêtement.

Elle a été enchaînée comme une martyre médiévale, fouettée et cravachée presque à mort, défoncée par-devant et par-derrière, elle est enluminée d'estafilades où le sang lentement se fige, et il lui demande si ça va...

Elle se traîne sans répondre vers le mur et s'y adosse.

Aussi paradoxal que cela puisse paraître, il y a quelque chose d'immensément heureux sur son visage. Et quelque chose aussi de déçu.

JP revient vers moi, me prend par le bras, me jette sur le lit. Je noie mon visage dans la couette rouge. J'ai envie — je ne sais pas de quoi j'ai envie.

Je le sens peser sur moi, et je m'ouvre comme je ne me suis jamais ouverte volontairement.

Il laboure mon ventre comme s'il dépeçait un quartier de viande.

De la viande. N'être que de la viande.

Il se dégage de mon sexe, se couche sur le lit, me prend sur lui et me pénètre de nouveau.

Ses lèvres cherchent ma bouche, et je l'embrasse avec la même férocité que j'ai mise, tout à l'heure, à baiser Nathalie.

Je me presse, me frotte contre lui. J'essuie sur sa poitrine le sang dont je me suis couverte.

Je sens soudain une présence derrière moi. Je retourne la tête, sans cesser de m'empaler sur la queue qui me creuse le ventre.

Nathalie est revenue à nous. A la main, elle tient le godemiché ramassé par terre. Hallucinée. C'est à peine si je la reconnais sous ce masque tragique, aquarellé de rimmel et de sang.

Elle porte le leurre à ses lèvres, le frotte à son sexe, puis me l'enfonce entre les fesses, maladroitement, comme si elle le vissait. J'ai tellement mal que j'ai un mouvement de tout le corps pour échapper à cette double pénétration impossible.

JP me tient serrée contre lui, sa bouche contre la mienne, son bras passé sur mes reins, il me plaque à lui, me maintient accrochée à sa queue — et Nathalie achève d'enfoncer dans mon cul cette barre disproportionnée... Je voudrais hurler, mais il boit mes cris sur mes lèvres. Je voudrais échapper à ce viol monstrueux. Je voudrais qu'ils soient tous les deux plus gros et plus longs. Je ne sais pas ce que je voudrais. Je voudrais jouir, parce qu'il me semble qu'ils arrêteraient s'ils me voyaient jouir. Je ne veux pas jouir, parce que je peux m'ouvrir encore, et je veux qu'ils me liment pour une éternité.

La barre du godemiché use la paroi de mon cul, la presse contre cette autre barre de chair vraie qui m'écorche le ventre.

Je le sens éjaculer en moi — ou bien est-ce elle ? —, je vois les filets de sperme se précipiter en moi, couvrir mes muqueuses écartelées, chercher une voie dans cette impasse...

Elle lâche le godemiché en le laissant fiché en moi, glisse sa main entre nos ventres, saisit mon clitoris et le tord doucement dans ses doigts.

Je jouis à mon tour comme une possédée.

Il est plus de minuit, à présent.

Nathalie somnole dans un bain tiède plein de mousse crémeuse.

Je suis couchée sur le dos, une énième coupe de champagne à la main. J'ai l'impression d'avoir le ventre déchiré. L'âme aussi, d'ailleurs.

JP, méticuleusement, range le matériel photo.

Il y a sur le mur, là où s'est appuyée Nathalie, de longues traînées sanglantes.

Chapitre XI

Il y eut, après cette nuit de folie, un refroidissement dans nos relations. Comme si nous nous étions dit l'essentiel. Nathalie mit très longtemps à cicatriser, et je suivis avec un détachement singulier les phases de cet effacement sur sa peau. Les boursouflures du fouet et de la cravache virèrent au violet, puis au jaune. Les estafilades se cicatrisèrent — n'en subsistèrent que des lignes ténues, plus blanches encore que la peau. D'instinct, d'ailleurs, elle vint moins souvent me retrouver. Un après-midi, en rentrant, je la trouvai étendue sur le lit, habillée, et toute secouée de sanglots. Jamais je ne pus lui faire dire ce qu'il y avait.

Le fait même que j'aie posé la question prouvait assez mon indifférence, et elle le ressentit ainsi.

Je décidai d'abandonner la mise en scène de Sophocle, et d'écrire moi-même un spectacle original sur Tirésias et le mythe de l'Androgyne. Avec, au centre, le personnage de l'Hermaphrodite. Je cherchai en vain un jeune acteur pour tenir le rôle. Puis une jeune actrice.

Par consentement mutuel tacite, JP et moi ne faisions plus l'amour. Nous travaillions toujours ensemble, avec une efficacité décuplée. Il ne m'appelait plus que « mon amour », et se gardait de me toucher[1].

J'avais l'esprit vide, le ventre vide, aucune envie d'être remplie.

Je fis deux fois l'amour avec Nathalie, et je crois que je pensais à autre chose. Une fois au moins je suis sûre qu'elle feignit de jouir. Les anneaux sur son corps commençaient à me paraître vaguement ridicules.

Janvier se passa de la sorte.

*
* *

1. Deux fois je lui amenai des filles, toujours sous le prétexte de les photographier. Elle les maquillait, nous les cadrions sous tous les angles, l'une et l'autre consentirent à faire l'amour à trois, à condition que Florence se comportât comme une pièce rapportée, de façon à pouvoir s'exonérer elles-mêmes de la suspicion de lesbianisme. Les deux fois, le scénario se déroula avec la même logique implacable : la fille commençait par tolérer que Florence la caresse pendant que j'occupais, si je puis dire, le devant de la scène, et elle finissait accrochée à son ventre comme à une bouée, cherchant à lui rendre, et au centuple, tout le bien qu'elle lui avait fait. Ni l'une ni l'autre n'avaient jamais été sodomisées, à ce qu'elles prétendaient. La bouche de Florence sur leur clitoris leur fit accepter sans barguigner la queue qui leur déchira le cul — car je les pris sans tendresse excessive. Toutes deux cherchèrent à la revoir. Elle se déroba, mais il y eut, en quelque sorte, une séance plénière lorsque nous leur présentâmes, à l'une et à l'autre en même temps, les photos prises parfois au plus fort de la passion. Moment exquis de gêne. Rouge aux joues. Puis sourires, abandon et partie carrée de haute lisse dont Florence et moi nous désolidarisâmes assez vite. Je l'emmenai dans une crêperie où nous dissertâmes savamment des mérites, peu évidents pour des esprits moins scientifiques que les nôtres, du beurre salé dans les crêpes au sucre. A notre retour, elles cessaient tout juste, et le parfum de fleur de châtaignier qui traînait dans la chambre en disait assez long sur leurs débauches. Nous les mîmes assez rapidement à la porte. Et nous enchaînâmes sur le mythe de l'Hermaphrodite — celui même qui dort au Louvre sur un matelas d'occasion sculpté par Bernin.

Je n'étais jamais allée chez Nathalie — juste pour aller la chercher, mais je n'étais jamais montée chez elle. Je lui avais difficilement extorqué son adresse en décembre, en lui promettant de lui écrire. Je lui avais écrit, d'ailleurs. Pour lui dire que je l'aimais. Que j'avais envie d'elle.

Ça sonnait faux par écrit. Quand on aime, ça sonne toujours faux. Les lettres que m'envoyait parfois JP étaient d'une éloquence bien plus crédible — puisqu'il ne m'aime pas, pensais-je.

Je retournai chez sa mère, dans cette HLM déglinguée de Créteil. J'arrivai vers six heures du soir. Tous les lampadaires, cette fois, affichaient fermé. La banlieue.

Je sonnai.

Plusieurs fois.

J'allais abandonner quand j'entendis un bruit de pas.

— Qui est là ?

Une voix terrible. Coup pour coup, question pour question :

— Est-ce que Nathalie est là ? demandai-je.

Un temps. Puis la porte s'ouvrit. Derrière, Nathalie trente ans plus tard. Sa mère, forcément.

Elle empestait l'alcool. Vêtue de cette robe de chambre à fleurs fanées qui est devenue la seconde peau de toutes les ivrognes de cinéma[1].

— Nathalie n'est pas là, dit-elle.

Une voix caverneuse, sombre et cassée.

— Maman ?

Une gamine vêtue comme une pute à trois sous se faufila dans l'encadrement.

— Bonjour, dit-elle. Je suis Clara, la sœur de Nathalie. Entrez donc…

La mère ne s'effaçait pas, et sa fille la poussa du coude

---

1. Florence a toujours eu du mal à ne pas se définir par rapport à la littérature, et cela ne vaut pas mieux que ceux qui se définissent en fonction des séries télévisées. Peau et âme bâties sur des images composites. La liberté, c'est s'affranchir du feuilleton.

pour me laisser passer.

Et j'entrai, comme par effraction, dans un mausolée. Un sanctuaire.

Les murs, les meubles, étaient couverts de photos, dans des cadres de goûts variés, mais surtout médiocres, d'un homme d'une trentaine d'années, légèrement barbu. Baroudeur.

Régnait une odeur de bougies à peine éteintes et d'encens refroidi.

Je dus avoir l'air tout à fait stupide.

— Voulez boire quelque chose ?

— Non, non, merci.

J'avais répondu de façon mécanique.

— Savent pas ce qui est bon, dit la voix d'outre-tombe.

Elle se versa un grand verre de vin blanc bon marché. L'odeur de la vinasse vint se mêler aux senteurs de crypte, et j'eus un léger haut-le-cœur et une vraie envie de fuir.

La petite fille (elle devait avoir quinze ans, peut-être) avait suffisamment joui de ma surprise.

— Sidérant, hein ? dit-elle.

Elle eut un geste circulaire :

— Mon père, dit-elle, comme si elle continuait les présentations. Moi, je ne l'ai pas connu, ajouta-t-elle. Enfin, je ne me rappelle pas.

La voix terrible résonna :

— L'avait pas deux ans quand il est parti, dit-elle.

Parti ?

— Maman veut dire : quand il est mort, dit Clara avec un haussement d'épaules. Mais pour rien au monde elle ne prononcerait le mot. Moi, je n'ai pas peur.

Puis soudain :

— Vous voulez voir la chambre de Nathalie ?

J'acquiesçai. Quelques pas m'éloignèrent du caveau principal.

Mais le deuil continuait dans les autres pièces. Il y avait des sortes de niches entourées d'ampoules allumées, comme aux coins des rues en Italie, des reposoirs illuminés de petites bougies rondes, rouges, comme dans les églises.

Sa chambre... Mon dieu, elle était tout aussi frappée que sa mère! Les mêmes agrandissements jaunis, d'un grain excessif. Un tout petit lit, comme un lit de bateau.

— Les photos, expliqua Clara, c'est parce que maman dit que comme ça, il est toujours là. Qu'il nous regarde.

Elle haussa les épaules.

— C'est que des conneries...

Elle me fit entrer dans sa chambre. C'était la chambre normale d'une adolescente normale. Aux murs, des posters normaux de chanteurs imbéciles.

— Explique-moi...

Elle ne répondit pas, et biaisa.

— C'est toi la fille qui... enfin, que ma sœur...

Elle hésita :

— Tu sais, Nathalie, faut pas t'y fier. Elle est folle. Juste comme ma mère. Elle, c'est pas l'alcool. Note que j'ai rien à dire. Elle a pris vachement soin de moi. Putain, l'engueulade quand j'ai pas eu le BEPC !

Elle alluma une cigarette. Ça aurait dû accentuer son côté roulure, et pourtant, brusquement, elle eut l'air de ce qu'elle était : une adolescente embarrassée de trop de tétons, dans une famille de cinglés, qui faisait comme elle pouvait pour survivre — en prenant des poses.

— Mon père, il est mort quand j'avais pas trois ans. Je me rappelle que ce qu'on m'a raconté. Nathalie était avec lui dans la voiture.

— Il est mort dans un accident ?

— Sur le coup, à ce qu'on m'a dit. Traversé par la direction. Nathalie, elle était derrière. Pas une égratignure.

La voix monstrueuse s'éleva de la porte :

— Mais elle était couverte de sang, ma fille ! Savez ce qui s'est passé ? Elle chahutait tout le temps, en voiture. Sûr qu'il a fait un geste pour la calmer, pour la retenir, je ne sais pas. Et voilà !

Puis :

— Vous voulez voir sa robe ? Sa petite robe ? Vous voulez la voir ?

Elle ne fit qu'un saut jusqu'à la pièce voisine, et revint en brandissant un chiffon à petites fleurs maculé largement de rouille.

— La voilà, sa robe !

Et elle me la jeta au visage.

— Maman !

Clara se jeta sur elle, la refoula et referma la porte.

— Bon sang, j'en ai ma claque de cette famille de cinglés !

Je ramassai la petite robe à mes pieds. Elle était effectivement largement tachée de sang rouillé.

— T'as pas fait attention, forcément. Mais elle est accrochée en face du lit de Nathalie. T'as vu son lit ? Eh bien, c'est le même, depuis douze ans. Elle est plus grande que toi et elle dort dans un lit de gamine. Pliée en deux. Tu l'as vue dormir, non ?

C'est vrai qu'elle dormait recroquevillée — pire qu'en fœtus, repliée sur un secret dont je commençais à saisir la portée. Mais je n'y avais jamais fait attention. Je me lovais en cuillère contre ses fesses…

— Méfie-toi d'elle, continuait Clara. Elle a pété un joint, et il y a longtemps.

— Je l'aime bien, dis-je.

Elle hésita.

— Tu couches avec, hein ? Note que je m'en fous, moi, je préfère les mecs. Les jeunes pour rigoler, et les vieux pour le fric. Je me déguise en Lolita, et voilà. Ça met un peu de beurre dans les épinards. Je te choque ? Nathalie l'a fait avant moi, va. Mais moi, c'est rien que pour le blé. La meilleure suceuse du lycée. Je te choque pas, hein ? Je sais bien ce que vous faites ensemble, va. Elle a le droit de s'envoyer en l'air comme elle veut, non ? Après tout, c'est pas les occasions de rigoler qui lui ont fait mal, depuis dix ans.

Les phrases sortaient par rafales, espacées de blancs où mon imagination s'enfonçait comme un coin. L'idée que Nathalie avait avec moi des « occasions de rigoler » me fit sourire.

— Dis-moi une chose…

— Si je sais…

— De quoi vivez-vous, toutes les trois ?

— Ça… Maman a une petite pension, de la mort de papa, qu'elle boit intégralement. Moi, je me débrouille —

de quoi payer mes études — oh, pas par vice, t'imagine pas. Je me fais les retraités du quartier. Y veulent voir. Y veulent toucher. Je leur fais une petite politesse. Deux cents balles vite gagnées. Quant à Nathalie...

— Eh bien ?

— Je ne sais pas exactement... Sérieux ! Bon, elle s'est prostituée, un peu. Mais pas comme moi. Elle, elle s'est fait des mecs dégueulasses. Des cogneurs. Des enculés d'enculeurs. Après, elle a fait la passeuse pour des types vraiment louches — de la came, je crois. Elle présente bien, elle ne se pique pas, elle se bourre pas le pif, elle passe les frontières avec le sourire. Une fois, elle avait dans son sac plus de fric que je n'en reverrai jamais. Et je crois que c'est ça qu'elle fourgue, maintenant : du blé. Du fric à blanchir. Elle connaît des mecs dangereux.

C'était complètement rassurant. Et ça expliquait les fringues de luxe et les parfums — et les voyages, sans doute.

— La maltraite pas, dit soudain Clara. C'est une bonne fille, au fond. Tapée, mais gentille.

— Pourquoi veux-tu...

— Je la sens mal, en ce moment. Mais je saurais pas dire...

La porte se rouvrit sur la vieille.

— Vraiment, voulez pas trinquer ?

Elle avait le front moite et l'odeur sure des ivrognes professionnels. Elle bloquait l'entrée de la chambre. Clara alla vers sa mère, la prit par le bras, et, doucement, dégagea le passage.

— Elle n'est pas rentrée, ce matin. Je ne sais pas où elle est, dit Clara tandis que je refluais vers l'entrée.

Le type sur les murs me regarda m'enfuir, sans commentaires.

Il était tombé une nuit de suie.

Pourquoi les filles doivent-elles mourir de la mort de leurs pères ?

Et pourquoi, moi, dois-je le tuer ?

*
* *

La voiture est arrêtée devant nous au feu rouge.
Conducteur et passagère regardent droit devant eux, sans
rien dire. Les joues de la femme sont sillonnées de larmes
silencieuses.

Nathalie se retourne vers moi en me prenant la main :

— Sauve-la, Florence, dit-elle, sauve-la !

Trop tard déjà, le feu passe au vert, la voiture démarre.

— C'est trop bête, dit-elle. Trop bête.

Elle-même paraît sur le point de pleurer[1].

*
* *

(Ici s'intercale une scène dont je ne me souviens pas
sans une confuse gêne — l'état qui chez moi se
rapprocherait le plus d'un sentiment de culpabilité.)

Elle avait donc disparu depuis quelques jours, comme
elle le faisait parfois. Elle arriva un après-midi, belle et
fraîche, et quelque chose de tourmenté dans l'œil. Je
travaillais, elle me dérangeait, je le lui fis savoir.

— Je sais, dit-elle. Je sais que je dérange.

— Alors, pourquoi es-tu venue ?

— Je voudrais que tu m'expliques

— Quoi ?

— Tu m'aimais, il y a quinze jours...

— Mais... je t'aime toujours. Simplement, je n'ai
même pas le temps de prendre le temps. Le calendrier
tourne, la date de la représentation se rapproche, et je n'ai
toujours rien décidé. Je pense que je vais laisser tomber
Œdipe, et composer un spectacle sur le thème du double
— du double déchiré : l'androgyne originel, et le mythe de
Tirésias, danse, mime et théâtre. JP ne t'en a pas parlé ?
savoir pourquoi tu me traites ainsi.

---

1. C'est le seul moment, dans ces mémoires trop véridiques, où
Nathalie montre un penchant à l'altruisme. Mais je constate, à la relire,
à quel point cette scène paraît fabriquée. Peut-être que c'est à ça que
l'on reconnaît la vraie charité : elle sonne faux. Tant pis pour elle.

— Non. Je n'en sais rien, je m'en moque. Je veux juste savoir pourquoi tu me traites ainsi.

— Traite comment ?

— Moins bien qu'un chien. On caresse un chien. On le bat, parfois. On lui donne sa main à lécher. On l'aime.

—Tiens, dis-je, lèche-moi la main.

Je la lui tendis, le poing fermé. Elle me saisit le poignet, me déplia les doigts, lentement, me lissa l'intérieur de la paume du menton, et embrassa ma ligne de chance.

— Nathalie, je n'ai pas envie.

— Prends-moi, dit-elle comme si elle n'avait rien entendu.

C'était d'ailleurs le cas. Ne plus s'entendre, ne plus entendre…

— Très bien, dis-je.

Je dégageai ma main.

— Où étais-tu ?

— A Jersey, dit-elle.

Parmi toutes les destinations exotiques, c'était l'une des plus inattendues.

— Tu te fiches de moi ? Les anglo-normandes au mois de janvier ?

— Il n'y pas de saisons pour les banques.

— Alors, c'est vrai, Nathalie ? Tu passes de l'argent sale ?

— Provisoirement sale. Il ressort de là propre… comme un sou neuf. Sans rire. Il n'y a que moi qui reste sale.

— Combien as-tu d'argent sur toi ?

La question la prit au dépourvu.

— Je ne sais pas… Deux, trois cents francs peut-être.

— Ce n'est pas assez. Pour ce prix-là, je ne me donne pas. Reviens quand tu seras plus riche.

Elle avait les larmes aux yeux et la scène commençait à me plaire.

— Et combien me faudrait-il ?

— Ça dépend de ce que tu veux. Pour deux, trois cents francs, je me déshabille. Mais tu ne touches pas.

— Si je t'embrasse ?

— Pas la bouche. Jamais avec les clients. Tu peux avoir tout le reste, si tu as les moyens. Mais pas la bouche.

— Tes seins ?

— Deux cents de mieux. Qu'est-ce que tu veux en faire ?

— Les aimer, dit-elle.

— Alors, quatre cents de mieux. Tu les aurais embrassés, sucés, mordus, coupés, passe encore. Mais le sentiment est hors de prix aujourd'hui.

— Ton ventre ?

— Pour quoi faire ?

— L'embrasser. Le sucer. Le mordre.

— Mille balles. Et je ne jouis pas. Et je ne m'occupe pas du tien.

— Je m'en moque. Mais je te ferai jouir malgré toi.

— M'étonnerait. Il faut aimer un peu, non, pour jouir[1] ?

— Très bien, dit-elle. Tes fesses ?

— La feuille de rose est hors de prix en cette saison, sais-tu ? Non, pas mes fesses. Rien que les hommes, mes fesses.

Elle me regarda. Je m'étais fabriqué une colère articielle, et comme il arrive souvent en pareil cas, j'étais maintenant vraiment en colère. Mes yeux avaient dû virer au vert.

— Frappe-moi, dit-elle. Déchire-moi.

— C'est hors de prix, tout ça. Affaire de spécialiste. Je ne pense pas que tu puisses t'offrir ces fantaisies. Même les coups de talons aiguilles dans la chatte, c'est encore trop cher pour toi.

— Je vois, dit-elle.

Elle alla vers la chaise où elle avait posé son sac, l'ouvrit, y pêcha une enveloppe de papier kraft et la déchira à coups de dents.

Des liasses et des liasses de billets de cinq cents. Elle en prit une, en ôta l'épingle et me la jeta au visage :

— Qu'est-ce que tu me donnes, pour ça ?

Les billets volaient dans la pièce et tombèrent sans bruit autour de moi. Il devait y avoir dix mille francs en grosses coupures.

---

1. Naïveté d'une pareille affirmation ! Ainsi va la vie : dans le feu de l'action, on dit bien des bêtises. Et la sagesse vient trop tard.

— D'où tu sors ce fric, Nathalie ? Je croyais que tu
n'avais que deux cents ou trois cents balles…
— T'occupe… Alors ?

Jouer le jeu ?

J'ai pris un peu de recul et je me suis déshabillée,
jusqu'à la dernière dentelle. Et je suis restée là, toute bête,
bras ballants.
— Viens ici, dit-elle.
Elle s'est déshabillée à son tour, elle s'est collée à moi.
Ses seins étaient merveilleusement chauds, de toute la
chaleur moite de son pull.
— Embrasse-moi, a-t-elle ordonné.
— Pas la bouche — rappelle-toi…
Elle m'a regardée fixement. Elle s'est penchée vers moi
et a commencé à s'occuper de mes seins, à les caresser du
bout des dents, à les agacer de la langue. Les pointes en
ont sailli sans que j'y puisse rien.
— Tu bandes, a-t-elle dit.
Elle a glissé une main entre mes cuisses et m'a caressée
avec une certaine rudesse — comme le ferait un garçon
inexpérimenté. Ça m'a excitée bien plus que je n'aurais
voulu.
— Tu bandes, a-t-elle répété.
Elle m'a pliée entre ses bras et nous nous sommes
retrouvées par terre, ses mains partout sur moi, sa bouche
fouillant mon sexe. J'ai commencé à haleter, puis je me
suis reprise. Je me suis rappelé cet avis de JP, à qui je
demandais un jour comment il pouvait si longtemps se
retenir de jouir, et me limer interminablement :
— C'est simple, m'avait-il dit. Il faut combiner une
bonne maîtrise de l'apnée, comme si tu étais au fond d'une
mer hostile, et se réciter un texte qui n'a rien à voir avec la
situation. Corneille, par exemple. Combien de fois je me
suis retrouvé à mâchonner le combat du Cid contre les
Mores tout en fouillant un cul ou une bouche…
Rien à voir avec la situation : la première chose qui me
vient, c'est *Tartuffe* (« Allons, ferme, mon cœur, point de
faiblesse humaine… », dit Orgon à Marianne, et c'était

moi qui jouais Marianne), mais il y a encore trop de
sensualité dans *Tartuffe*... Alors Corneille, vraiment ? Eh
bien, rien de plus débandant, si je puis dire, que de se dire
in petto « Rome, l'unique objet de mon ressentiment... »
pendant qu'une bouche experte fouille chaque pli de votre
ventre, qu'une langue frétille à fleur de clitoris, que des
doigts innombrables s'engloutissent en vous...

C'était donc vrai : le sublime tue à tout coup l'érotisme.

Elle a fini par lever la tête, surprise, dépitée.

— Je vois, a-t-elle dit.

Elle s'est relevée.

— Tu veux jouer à la pute ? Eh bien, je vais te traiter
comme une pute[1].

---

1. Elle savait de quoi elle parlait. Très peu de temps avant, elle m'avait
donné un bref aperçu de son autobiographie. Je me rappelle encore ses
mots — ce goût extraordinaire qu'elle avait pour les mots les plus crus :
« Tu sais pourquoi les hommes vont voir des putes ? Bien sûr la plupart se
font faire ce que leur épouse ne leur fait pas. Si toutes ces dames savaient
sucer, les trois quarts des professionnelles seraient au chômage. Mais
certains savent exiger bien plus que ne saurait leur donner leur femme,
même complaisante. Je me suis prostituée pour gagner de quoi payer mes
études et celles de ma sœur, parce que ma mère buvait le reste. Tu ne peux
pas savoir jusqu'où je suis allée pour du fric. J'avais seize ans et certains
jours, je ne me sentais même plus femme. Ni humaine. Pas même
animale. J'étais devenue la laisse et le collier. Obéissante comme une
pierre. Une chose de chair. Imagine-toi : le vrai avilissement, ce n'est pas
lorsqu'on t'encule — après tout, ce serait juste te faire ce qui te fait plaisir
—, mais lorsque tu dois offrir ton cul au berger allemand du monsieur très
bien de l'escalier C, celui qui a des enfants si blonds et si propres, et une
jeune femme très comme il faut qui ne sait pas que son mari paye la jeune
pouffiasse de l'escalier B, deuxième étage, pour lui torcher le cul avec la
langue, et lui lécher les pieds pendant qu'il la fouette avec la boucle de sa
ceinture. Qui t'attache, les jambes haut relevées, très écartées, et qui
t'enfonce dans le con tous les fruits et légumes que mangeront ses gosses,
plus tard, les bananes du goûter, les courgettes et les augergines de la
ratatouille du soir, et les bouteilles de Coca — qui te barbouille la chatte
avec la pâté du chien, et que tu pleures de trouille parce que tu sens les
crocs qui te fouillent les lèvres, et que pourtant tu reviendras, la semaine
prochaine, parce que tu as désespérément besoin de mille balles, et que le
chien, il te demandera alors de le sucer ». J'aimais entendre les détails,
sans y croire, parce que je voulais n'y voir qu'une frénésie d'auto-
avilissement, une complaisance dans la destruction de soi — et
j'embrassais avec volupté cette bouche qui quand même avait peut-être
forniqué avec des dogues.

Sans prévenir, elle m'a giflée, très fort.

— Et je te préviens : tu es tenue à l'obligation de résultat.

Elle est allée à la commode où je range mes affaires et mes colifichets, elle a fouillé rapidement, et elle est revenue à moi avec un long foulard de soie.

— Allonge-toi sur le lit... Non, sur le dos...

Elle a pris mes poignets, les a noués ensemble, puis aux barreaux — juste comme je l'avais si souvent attachée moi-même.

Elle m'a enjambée et a posé son ventre sur ma bouche.

— Lèche-moi...

Sa voix était tout aiguisée, déguisée de froideur. Et pendant que je la caressais, elle n'a pas cessé de parler.

— Mieux que ça... Enfonce ta langue... plus profond... reviens vers le bouton, maintenant... Non, pas si fort... Ne tire pas sur l'anneau comme si tu voulais l'arracher. Je n'ai pas envie que tu me fasses mal, aujourd'hui... Toi, tu vas avoir mal, Flo... Je sais, tu as horreur qu'on t'appelle Flo. Lèche-moi le con — mieux que ça... Attends, que j'écarte mes fesses... Enfonce ta langue — plus profond que ça... Plus dure, ta langue... Bien au fond...

Elle mouillait énormément, comme toujours, mais j'avais beau guetter une cassure, une inflexion différente dans sa voix — en pure perte : toujours cette même maîtrise glacée, ces ordres nettement articulés avec les mots les plus précis dont elle pouvait disposer...

— Tu es nulle, ma pauvre fille... On ne t'a jamais dit que tu étais nulle ? Il m'en a fallu de l'imagination pour que tu me fasses jouir, jusqu'ici. Pauvre petit pédé sans bite ! Ça se fait enculer, et après ça fait la moue pour sucer sous prétexte que ça sent la merde... Qu'est-ce que tu diras tout à l'heure quand je t'en ferai manger ? Putain ! Pauvre putain ! Lèche-moi mieux que ça... Je t'ai payée, non ?

Elle s'est dégagée, et, debout près du lit, elle s'est penchée vers moi.

— Tu ne vaux pas le coup, a-t-elle dit.

Dans un angle de la chambre, elle est allée chercher la longue cravache noire, et elle est revenue sur moi en l'éprouvant dans sa paume.

— JP t'a déjà frappée avec ça, non ?

Et elle l'a abattue à toute volée en travers de mes cuisses.

J'ai hurlé — qu'est-ce que j'aurais pu faire d'autre ?

J'ai hurlé à chaque coup, et ça n'a pas du tout eu l'air de l'émouvoir.

A un certain moment — très vite, en fait — j'ai compris qu'elle irait plus loin que personne n'avait jamais été ; qu'elle allait dépasser, outrepasser les limite, au-delà du principe de douleur, le principe par lequel la douleur peut encore devenir plaisir, la brûlure chaleur, la cravache caresse. J'ai compris que j'allais avoir mal, et rien que mal — et peut-être plus que mal —, être à la fois les épines et le front, les poignets et les clous, la lance et le flanc, passion et mort — sans doute.

Labourée. Ouverte, couverte de longues estafilades en tous sens, du ventre aux genoux. Les coups se suivaient de si près que je n'avais pas le temps de reprendre mon souffle, et que mes cris s'étranglaient les uns les autres.

Elle frappait de toutes ses forces, et la peau s'est gonflée et a éclaté, un peu partout, surtout aux points où la cravache frappait à fleur d'os, aux hanches et au niveau des côtes. Elle est remontée vers les seins, et j'ai pensé que j'allais m'évanouir, que ce serait si doux, si confortable de s'évanouir — non, juste la douleur qui a changé de tonalité, la chair molle des seins que le cuir creusait...

Elle avait l'air enragée, à présent. Bacchante. Dans cette ivresse de la douleur infligée que j'avais connue moi aussi, quand je la torturais, elle.

J'ai pensé après que c'était son amour pour moi qu'elle punissait ainsi, ou elle-même, peut-être, à travers l'objet de son amour. Ou était-ce de la jalousie — l'idée que jusqu'ici seul JP avait eu le droit de me châtier ? Ou bien voulait-elle m'apprendre quelque chose, ce quelque chose que je me refusais à entendre depuis ces longs mois ?

Moi... Petit tas de chair pantelante. Cri ininterrompu,

juste comme Eluard parle de poésie ininterrompue.

Je suis la plume et le papier, je suis l'encre et le sang. Griffonnée, déchirée. Les messages se brouillent.

A la douleur précise du début, qui sortait de moi à chaque coup, s'était substituée une souffrance indifférenciée, lancinante, comme un cocon d'épouvante dont j'étais le bébé aveugle.

Elle s'est arrêtée, le temps de me retourner, sur le lit, comme un cadavre.

Comme j'avais beaucoup tressauté, comme je m'étais recroquevillée parfois, pour échapper à la morsure de la cravache qui continuait à s'abattre avec une régularité mécanique, elle a pris le temps de m'attacher les chevilles au lit avec deux autres foulards — les jambes légèrement écartées.

Un instant, j'ai cru que nous allions nous arrêter là. Elle a glissé sa main entre mes cuisses, et elle m'a fouillée comme seul un crabe pourrait le faire — m'ouvrant les lèvres sans douceur, forçant mon sexe avec le pouce, griffant au passage - labourant même — l'intérieur de mon con inondé.

J'étais dans un état qui ne ressemblait à rien de ce que j'avais pu déjà éprouver. Lorsque JP me fouettait, il dosait son geste et sa force et s'arrêtait juste au point où l'excitation aurait pu disparaître sous la douleur — sans doute parce qu'au fond il me battait autant pour lui que pour moi. Mais Nathalie m'avait frappée avec une rage qui ressemblait à de l'altruisme. Elle m'avait cravachée avec une telle sauvagerie qu'elle avait dépassé tout de suite les sous-entendus érotiques. Je n'étais plus rien que cette immense douleur, et mon sexe ruisselait comme une peau qui se défend d'une terrible brûlure.

Sa main m'a lâchée.

Je l'ai entendue farfouiller dans la commode, puis revenir vers moi.

Et j'ai eu encore la force de hurler quand elle m'a enfoncé le godemiché entre les fesses, à sec, en pesant de tout son poids.

J'ai eu le réflexe de résister à l'intromission, en serrant

les fesses, en me contractant : cela n'a fait qu'aggraver les choses, elle m'a forcée davantage, elle m'a déchiré l'anus — c'est du moins la sensation que j'ai éprouvée, que j'allais rester infirme à vie, définitivement ouverte...

J'ai eu une sorte de spasme qui m'a soulevé les reins, et elle a profité de cette cambrure involontaire pour enfoncer la verge synthétique jusqu'à la garde. Puis elle a grossièrement attaché les lanières, serré, pour me clore.

Je sanglotais convulsivement.

— Pauvre petit bébé, a-t-elle murmuré en me caressant la joue, pauvre petite fille qui a mal à ses petites fesses...

Et j'ai encore hurlé, mais plus faiblement, quand la cravache a recommencé à s'abattre, toujours aussi impitoyablement, de la saignée des genoux au milieu du dos.

Alors, il y a eu un flottement étrange, où je suis vraiment passée dans un au-delà de la douleur[1].

A plusieurs reprises, entre les coups, j'ai murmuré « Je t'aime », comme si la morsure de la cravache avait expulsé les mots de moi, à chaque fois, mais sans que je sache à qui ces mots s'adressaient — comme si je cherchais, au-delà de Nathalie, à me faire entendre des absents et des morts.

Le sifflement de la lanière dure qui s'abat, la peau qui s'ouvre, mon dos qui se creuse, et ces sanglots qui m'échappent : « Je t'aime, je t'aime, je t'aime... »

...Comme une évidence lumineuse que ces mots ne s'adressent pas à Nathalie ni à qui que ce soit de mon présent. Ils s'adressent à un fantôme, au premier que j'ai — si mal — aimé, que j'ai trahi quand je suis partie avec ma mère, au premier qui m'ait aimée, corps et âme — à celui

---

1. Les bons bourreaux savent lire dans les cris de leurs victimes ce moment particulier où le cerveau inverse les messages, ou refuse, au moins, de transmettre la souffrance, et ils savent s'arrêter pour laisser au patient le temps de revenir en deça de l'extase, pour pouvoir les faire souffrir de nouveau.

dont j'étais la petite fille et le petit garçon... Mes larmes ont changé de nature et de destination. Il y a à présent quelque chose de terriblement doux dans mon désespoir, quelque chose qui me déconstruit et en même temps me fait émerger de mes ruines...

Nathalie a-t-elle compris où elle m'avait amenée ? Elle a cessé de me frapper, a jeté la cravache à l'autre bout de la chambre...

J'ai tourné la tête vers elle. Elle ramassait les billets répandus à terre. Elle a senti sans doute que je la regardais, elle m'a souri sans entrain :

— Il n'est pas à moi, ce fric, a-t-elle dit. Et tu ne vaux pas tant.

Elle a rangé la liasse dans son sac, a mis son manteau, fouillé dans une poche.

Elle s'est approchée du lit. Dans la main, elle avait un billet de cent francs.

— Tiens, dit-elle. Pour la peine...

Elle s'est penchée sur moi et m'a enfoncé le billet entre les fesses, en le coinçant contre le fût du godemiché toujours planté au plus profond de moi.

— Je t'aime beaucoup, sais-tu.

Elle avait tout à fait l'air de penser à autre chose.

Et elle est partie sans me détacher.

Le temps a passé.

Je suis revenue à moi. Tout le corps me brûlait. J'avais une soif terrible.

J'ai tiré sur les foulards qui m'attachaient, sans succès. Rien de moins compatissant que la soie.

J'ai pensé qu'elle allait revenir, me détacher, m'embrasser...

Non. Pas ce jour-là. Nous en avions trop fait, l'une et l'autre.

C'est JP qui m'a détachée, le lendemain matin.

J'avais pensé et pleuré pendant des heures — comme si toutes ces larmes s'étaient accumulées en moi depuis des années sans pouvoir sortir, et qu'une vanne eût soudain été ouverte. J'ai eu très froid. Puis je me suis endormie d'un sommeil comateux. En me réveillant, j'ai pissé sous moi.

Le billet coincé entre mes fesses dépassait, me dit plus tard JP, comme une provocation obscène.

Très doucement, il a retiré le godemiché — j'ai eu l'impression qu'il m'arrachait un organe qui était devenu mien. La douleur est revenue en masse.

Je mourais de soif. Il m'a donné un verre d'eau, puis il a fait du café, et en attendant qu'il passe, il m'a traînée sous la douche.

Je n'étais qu'une écorchure. La cravache m'avait creusée comme une terre arable.

— Nathalie ? a-t-il demandé en me savonnant avec d'infinies précautions.

J'ai acquiescé. Il n'a fait aucun commentaire.

Il a ouvert la fenêtre pour aérer (quand j'étais revenue de la salle de bains, l'odeur âcre de l'adrénaline, du sang et de la merde m'avait sauté au visage), il a refait le lit, m'y a couchée tout doucement, m'a servi une grande tasse de café. Nous n'avons pas échangé trois mots.

J'avais l'impression d'avoir envie qu'il me prenne, là, tout de suite. Hreureusement il n'en a rien fait. Exprimés ou non, il y a des souhaits auxquels les autres doivent savoir résister.

Il m'a embrassée tendrement, paternellement. Je n'étais plus qu'une chiffe. Lazare devait avoir cette sensation en émergeant de son suaire. Je me suis mise à pleurer, et je me suis endormie sur mon oreiller tout propre et légèrement humide.

Quand je me réveille, des heures plus tard, il est couché à côté de moi. Comme s'il était mort.

L'impression de ne plus être qu'une immense cicatrice. Une douleur sourde, avec des éclairs subits plus violents, me fouaille les reins.

Sur la table de nuit est encore posé le billet de Nathalie, plein de taches de sang.

*
* *

— Comment se fait-ce ? dis-je.

— Que je sois venu ? Un hasard. J'avais trouvé un poème pour toi. Je tenais à te le faire lire.

— Pour moi ? De toi ?

— Non, bien sûr. Tiens, regarde.

Il me tend une photocopie. Il y a une toile de Dali à gauche. A droite, un dessin à la plume, le masque inquiétant d'un homme décharné, grimaçant. Juste au-dessus, ce sur titre : *Persistance de la mémoire*. En bas, une photo de film, et je reconnais Serrault qui tient Isabelle Huppert sur ses genoux, pendant qu'Aurore Clément regarde, dans l'embrasure d'une porte. A côté de la photo, entourées d'un trait de marqueur orange, ces lignes :

Papa
Mon petit papa tu me fais mal
disait-elle
Mais le papa qui sentait le feu de sa locomotive
un peu en dessous de son nombril
violait
dans la tonnelle du jardin
au milieu des manches de pelle qui l'inspiraient
Violette
qui rentrait ensuite étudier
entre le mécanicien de malheur
et la mère méditant sa vengeance
ses leçons pour le lendemain
où l'on vantait la sainteté de la famille.

C'est signé Benjamin Péret.

Je regarde JP, hallucinée :

— Où as-tu trouvé ça ?

— Sidérant, pas vrai ? La Violette du texte, c'est Violette Nozières, dont les surréalistes ont fait tant de cas. J'ai pensé que ça t'intéresserait.

Il a des intuitions, parfois…

— Qui c'est, le masque à droite ?

— J'ai vérifié : un portrait de Freud par Dali… Juste ce qu'il te fallait…

— N'en fais pas trop, JP. N'en fais pas trop.

Je me suis endormie, plus tard, en pensant qu'il y avait des attentats rêvés plus violents que des viols arrivés.

*
* *

Un long mois d'hiver s'est passé. Je cicatrisais. Un curieux sentiment de deuil s'était glissé en moi et je m'habituais à vivre avec lui. Je travaillais à mêler Platon et Tirésias. J'imaginais un ballet de corps enlacés qui peu à peu se détachaient, tentaient de se retrouver — en vain. De ce chaos émergeait le personnage de Tirésias, mais je n'avais pas encore décidé si ce serait une fille ou un garçon qui le jouerait, parce que je n'imaginais pas, dans le rôle, qui que ce fût d'autre que moi. Nathalie ne m'a pas appelée pendant une bonne quinzaine. Puis elle est réapparue, l'air de rien («Bonjour, tu vas bien ?» — mais sans attendre de réponse, comme dans la vraie vie du dehors, celle qui n'a pas de sens), et elle s'est redonnée à moi avec beaucoup de tendresse et d'insignifiance. je ne peux me défendre de cette impression, toujours, que la tendresse est un moyen de camoufler que l'on n'a pas grand-chose à se dire...

Chapitre XII

FÉVRIER

Je me masturbais alors rarement. Du moins, seule. Cela m'arrivait bien sûr en faisant l'amour — lorsqu'on veut atteindre plus vite un orgasme qui se dérobe et joue à cache-cache, et que l'on n'en peut plus d'attendre, ou que l'on en a marre d'être là... Seule, c'était fort rare. Entre JP et Nathalie j'avais l'impression de couvrir la gamme entière de mes désirs, ou presque.

Je me surpris moi-même à me caresser, distraitement, un soir, d'un doigt languide, comme dans les livres, comme si je ne savais pas où je voulais en venir. Mais l'histoire que je commençai à me raconter était déjà écrite, dans ma tête, avant même que s'articule la première phrase.

Je suis avec Nathalie et je suis attachée comme je l'ai si souvent attachée elle, les jambes pliées sur la barre supérieure de la tête de lit, les chevilles liées derrière, les cuisses très ouvertes. J'ai les bras ouverts, en croix, attachés aussi au pied du lit. Je suis seule avec elle. Elle me caresse en m'embrassant (mon doigt devient son doigt et me revient, alternativement), me caresse les seins et le ventre, me branle nonchalamment comme je le fais moi-même...

Puis elle disparaît derrière ma tête, debout sur le lit. J'ai fermé les yeux.

J'entends le terrible sifflement de la lanière ramenée à toute vitesse, et la morsure du cuir entre mes cuisses...

Juste comme je la frappe, elle...

J'ai commencé à me masturber avec frénésie, et j'ai senti, vraiment senti, la terrible punition qui me met en sang, de l'intérieur des cuisses au nombril. Au milieu de cette fustigation imaginaire, et bien plus cruelle qu'aucune punition réelle, je jouis comme une possédée, le dos tendu, les yeux révulsés.

Cela devrait s'arrêter là. Ma main reste à jouer avec ma chair surexcitée, et je regarde de l'extérieur cette fois, sans rien sentir, la suite de cette scène imaginaire, le fouet qui continue à s'abattre, le sexe déchiré, le sang qui gicle sur le mur...

Ce n'est plus Nathalie qui me frappe, mais un homme qui porte un masque et un habit de cuir.

La cagoule que j'ai achetée pour Nathalie. Mais les mèches qui dépassent sur le cou sont grises et ternes.

Chaque coup de lanière emporte un lambeau de peau, un bout de chair. Il m'arrache le sexe, dans le détail.

Mutilation...

Enfin elle le voit de face. Il a cessé de la frapper, il a fait deux pas sur le lit et se glisse à genoux entre ses cuisses écartées, labourées. Cagoule et justaucorps de cuir. Il ouvre une sorte de braguette renflée, comme on en portait au Moyen Age, dégage une queue biblique et l'enfonce en elle, au milieu de ce buisson sanglant.

A chaque coup de reins il la déchire. A chaque fois qu'il se retire à demi, elle a l'impression que son membre est couvert d'écailles qui se soulèvent à l'envers, comme la collerette d'un faisan, comme l'armure d'un samouraï. Il lui arrache l'intérieur du vagin comme il a déjà écorché l'extérieur.

Mutilation...

L'homme jouit enfin (est-ce que vraiment elle ne sait pas qui il est, avec ces cheveux gris qui dépassent de la cagoule, et ces yeux de cuir ?), et c'est interminable, comme un acide chaud qui coule dans son ventre, détruisant tout, la transformant en lac de sang. Il s'arrache une dernière fois, et l'arrache en même temps, la retourne comme un gant. Une masse indistincte et rougeâtre, qui tressaute encore, coule entre ses cuisses sur le lit.

Immédiatement, elle ne sait pas où il est passé.

Elle tourne la tête. Nathalie est là, couchée sur le carrelage à deux mètres du lit. Elle l'appelle, elle ne répond pas. Une voix *off* monte dans la pièce, comme si elle venait de l'autre côté de la porte :

— Mais qu'est-ce que tu as fait à la petite ? QU'EST-CE QUE TU AS FAIT À LA PETITE ?

La voix répète sans arrêt la même phrase, avec des intonations violentes, hystériques.

Alors elle se met à pleurer...

C'est ce qui m'a réveillée. C'est curieux, je me suis endormie sans doute après l'orgasme, et le rêve avait embrayé sur l'histoire — ou bien l'histoire n'était-elle qu'une ruse que je m'étais tendue pour laisser le rêve remonter ?

C'est le problème avec les rêves. Les histoires qu'ils vous racontent ne sont pas forcément vraies, ni même le reflet ou la métaphore d'histoires vraies. Les rêves aussi vous tendent de beaux mensonges. Des solutions commodes à des problèmes artificiels.

Je suis trempée de sueur. J'ai l'impression que mon ventre coule abondamment, comme si j'avais d'un coup des règles hémorragiques... Je porte la main à mon sexe, regarde mes doigts... Mais non, rien que les liqueurs habituelles du plaisir...

J'ai terriblement mal. Allons bon ! Voilà que je n'ai même plus besoin d'être fouettée pour avoir mal[1]...

---

1. Il paraît que le cerveau n'est pas conçu pour mémoriser la douleur. Un parfum, oui, une sensation agréable, mais pas la douleur. Ce serait une ruse de l'espèce pour que les femmes évitent de se rappeler les douleurs de l'accouchement. Pourtant, Florence donne vraiment l'impression, encore aujourd'hui, de pouvoir convoquer sur sa peau tous les cris de la chair forcée, malmenée, mise à sac.

Il est un peu plus de deux heures du matin. Je me lève, je bois un verre d'eau. Je n'ai plus du tout sommeil. Je prends un livre, j'en lis deux pages, il me tombe des mains.

Je repense à ce que j'ai écrit ces jours-ci sur Tirésias.

Je tourne et retourne. Je me lève, vais dans la salle de bains. Je prends les ciseaux et je me coupe les cheveux très court. Avec mes cernes bleus, mon visage démaquillé, anxieux, j'ai de plus en plus l'air d'un jeune garçon un peu naïf, un peu vicieux.

Je mets l'ensemble gris, veste et pantalon, que m'a offert JP, un gros imper fourré, et je sors dans Paris.

*
* *

Quai Conti, quai Malaquais. Je suis descendue au bord de l'eau par l'escalier qui fait face au Vert-Galant, là où sommeille le bateau-pompe des pompiers du fleuve.

Il faisait humide et froid, très froid. La Seine avait beaucoup monté, ces derniers jours, et il restait au mieux trois mètres de pavés à l'écart des vaguelettes.

Quelques clochards dormaient pourtant au pied du pont des Arts.

J'ai continué. Les péniches à quai semblaient amarrées au large, tant l'eau avait envahi les berges.

J'arrivai aux arches baignées de nuit du pont Royal. Des ombres s'agitaient dans l'ombre. Des hommes, comme d'habitude.

Misère de l'homosexualité, de ceux qui viennent finir leur nuit en quête d'un dernier coup de queue « pour la route », ou guettent les pères de famille qui laissent parler leurs fantasmes à six heures du matin l'hiver.

Je passai. J'allai vers le bout du quai, mais je ne pus parvenir au petit escalier qui remonte vers la rue du Bac. Le fleuve noyait le pied des grands peupliers et venait battre contre le mur de soutènement.

Je rebroussai chemin, seule dans mes pensées —
d'autant plus seule que je m'y complaisais.

Ils étaient trois, sortis de l'ombre, et ils semblaient
guetter mon retour sous les voûtes.
— Alors, mignonne, on se promène ?
Le côté cuir et moustache, l'allure voyou déjanté ne
laissaient guère de doutes. Mais alors, qu'est-ce qu'ils me
voulaient ?
— Je crois qu'elle vient mater, dit un autre.
— A moins qu'elle cherche à se faire mettre ?
— Ça l'excite peut-être, les pédés...
— Ça, c'est très possible...
— Tu serais pas une tante, par hasard ?
— Parce que nous, les tantes, on les supporte pas.
— C'est peut-être une tante...
— M'étonnerait pas, l'a une tête d'enculé...
— C'est vrai, t'es un enculé ?
— Ou un suceur de bites, peut-être...
Le dernier qui avait parlé ouvrit son pantalon et
dégagea, d'une torsion du poignet, une queue raidie et
respectable. Je sentais la situation m'échapper.
— Laissez tomber, les mecs. Je vous cherche pas.
— T'avais raison, dit l'exhibitionniste, c'est une
pisseuse.
— Bah, nous, on aime tout, n'est-ce pas, les mignons ?
— Ça, c'est sûr !
Ils me barraient toujours la route. J'essayai de passer,
l'un d'eux me repoussa, d'une bourrade dans l'épaule.
— Tu crois vraiment que c'est une pisseuse ? demanda
un autre.
— C'est une pisseuse, pour sûr, mais ça l'empêche pas
d'être venue mater...
— Une empafée et une suceuse, si tu veux mon avis !
Et le cercle se referma sur moi.

Je tentai de résister, de forcer le passage...
Ils frappèrent tout de suite, et tout de suite très fort —
l'impression d'être soulevée de terre par le poing qui me
transperce l'estomac.

Le souffle coupé…

On m'arracha mon imper…

Un autre coup sur un sein me fit horriblement mal. Puis une gifle, très forte, et j'en vis trente-six étoiles. Deux coups de poing dans le ventre me plièrent en deux. Je tombai à genoux.

Celui qui s'était déjà à moitié dessapé me saisit par les cheveux et m'enfonça sa queue dans la bouche.

J'eus un spasme, tant il était allé profond. Je me reculai, essayai de refouler cette chair répugnante… Quelqu'un me donna un coup de pied dans les reins.

En quelques instants, ils m'arrachèrent ma veste. J'eus un instant de panique totale, en voyant une lame luire dans le noir : le type me la passa à la verticale sur le ventre et trancha ceinture et pantalon. Un autre tira, emporta tout.

Je tombai à quatre pattes au coup suivant.

Je sentis la lame du couteau glisser le long de mon dos, en remontant, découpant en même temps le chemisier et la bride du soutien-gorge…

Tout me tomba sur les poignets. Quelqu'un me balança un coup de pied dans les côtes.

A partir de là, je n'ai plus une vision bien linéaire des événements.

On relève ma tête, et une queue s'engouffre dans ma bouche.

La lame du couteau pèse sur ma gorge, la pointe bloquée sous le menton.

Je reçois un coup violent sur les reins — un coup aigu — une boucle de ceinture, probablement. Puis un autre.

Un type derrière moi cherche à me forcer les fesses. Je résiste comme je peux, je me contracte… Suivent d'autres coups de pied dans le ventre, et je perds connaissance…

Le mieux, et le pire, qui peut m'arriver : m'effondrer.

La sensation glacée des pavés mouillés m'empêche de sombrer tout à fait.

D'autres coups de pied, d'autres coups de ceinturon.

Celui qui tient le couteau se penche et m'entame assez profondément le sein droit, par en dessous.

Ils me plaquent au sol, les bras en croix, et de nouveau

je sens des mains occupées à desserrer mes fesses. Les ongles s'enfoncent dans ma chair. Brûlure.

Un coup violent sur la nuque, et pendant un instant, il n'y a plus personne, plus rien.

Quand je reviens à moi, un type s'énerve contre mes lèvres, et un autre s'agite dans mon cul.

J'ai un mouvement convulsif qui le dérange.

J'entends une voix :

— Putain, qu'est-ce que tu vas prendre !

Une avalanche de coups de pied. Quelqu'un me frappe très fort, de la pointe de sa godasse militaire, dans le sexe, et je m'évanouis pour de bon.

J'entends une voix très lointaine, très sourde :

— Mademoiselle ? mademoiselle ! Réveillez-vous ! Allons ! Allons ! On se secoue…

Je me sens flotter. Je n'ai même plus mal. Je suis dans un espace doux, enneigé. Il me semble que je n'ai qu'à refermer les yeux pour glisser au sommeil.

Je reçois un plein paquet d'eau sur le visage, j'étouffe un peu, je m'ébroue, je me réveille tout à fait.

Alors, la douleur qui s'installe. L'impression de n'être qu'une plaie. Poupée cassée.

J'ouvre les yeux. Penché sur moi, un type d'une cinquantaine d'années, qui sent bon.

Tout à côté, non moins curieux mais plus réservé, un chien aux yeux étrangement clairs.

J'ai su par la suite que c'était un braque de Weimar, et que son maître l'avait appelé Wagner — «bien que ce fût l'année des G», me dit-il.

Il a un sourire inquiet, mais rassurant.

— Voulez-vous que je vous accompagne dans un commissariat ?

Il me relève, m'aide à remonter mon pantalon, récupère ma veste… Pour le chemisier, plus rien à faire. L'imper, nous ne l'avons jamais retrouvé. Parti à la Seine…

— Non, dis-je dans un souffle.

Non, pas les flics ! Surtout pas les flics ! Ne pas laisser un troupeau d'hommes me regarder sous toutes les coutures en se rinçant l'œil, des hommes qui noteront « tentative de viol » sur la main courante et m'enverront dans un hosto où un interne endormi prendra la mesure de mes hématomes en faisant les prélèvements idoines.

Il m'aide à retraverser le tunnel. Je suis faible comme un enfant qui apprend à marcher — et beaucoup moins bien disposée. Le claquement de l'eau contre les arches, amplifié par les voûtes, semble un bruit énorme. J'ai horriblement mal à la tête et au ventre. Une terrible envie de vomir. L'odeur d'urine refroidie n'arrange rien.

Comme nous sortons, de l'autre côté, une vague vient m'inonder les chevilles.

Seul le chien a le réflexe d'éviter le flot.

Les chiens ont aussi horreur que les chats de se mouiller les pattes.

C'est drôle les pensées qui peuvent défiler dans une tête très malmenée.

Il réitère sa proposition de m'amener au commissariat, porter plainte, qu'ils ne s'en tirent pas comme ça…

De nouveau, je refuse.

Je suis à bout de forces. Ces cinquante mètres m'ont achevée. Il me faut un temps considérable pour monter la rampe douce qui permet aux voitures d'accéder au quai.

La pensée de ce que je suis me ravage, et je me mets à pleurer silencieusement.

Il m'entoure de son bras.

— J'habite tout près, dit-il. Venez.

*
* *

Un petit immeuble rue Bonaparte.

Louis (ainsi se présenta-t-il) était antiquaire. Boutique en bas, bel appartement au second. Chez lui, c'était une perfection et une profusion.

Rien que des petites choses délicates et gracieuses. Une avalanche glacée de biscuits de Sèvres posés sur des guéridons de bois de rose, une débauche de marqueterie Pompadour.

Je le regardai à travers mon épuisement. Il était bien coquet pour six heures du matin...

Il me traîna jusqu'à une chambre décorée comme un boudoir de petite-maîtresse. Une porte camouflée dans une tapisserie imitée de Watteau conduisait à une salle de bains toute blanche et grise, marbre et granit poli, éclat blanc des faïences, reflets gris des chromes et des miroirs.

— Voulez-vous... commença-t-il.

— Ça ira, dis-je.

Ça n'allait pas du tout. Je m'enfermai dans la salle de bains et je vomis.

J'eus beaucoup de mal à me déshabiller — alors que je n'avais pas grand-chose à enlever. Je n'arrivais pas à dégager mes talons de la jambe du pantalon.

J'avais mille ans et j'étais vide de souvenirs.

Je me regardai dans les glaces. Face et dos en même temps.

J'étais couverte de bleus énormes, surtout sur le ventre et les reins. La peau était ouverte en huit ou dix endroits, là où avait porté la boucle de ceinturon. Je me tâtai les côtes. Douleur énorme, mais rien de cassé. J'avais le sexe comme écrasé par une pierre invisible. Sous le sein droit, une estafilade de trois ou quatre centimètres, profonde comme un coup de lance. Elle avait pas mal saigné, mais c'était fini maintenant. Je serrai les dents et désinfectai la plaie.

J'eus brusquement très chaud, sous la piqûre de l'alcool, et je crus que j'allais m'évanouir de nouveau.

Je me penchai et examinai mes fesses dans le miroir vertical. Je ne ressentais rien, je ne voyais rien. Peut-être que ces salauds, finalement, ne m'avaient pas eue.

Rétrospectivement, d'un coup, j'eus une trouille bleue,

et je vomis de nouveau — de la bile, rien que de la bile, et un peu de sang.

Qu'est-ce qu'ils m'avaient cassé ?

Je pris une douche très longue et très chaude.

Je trouvai un peignoir gris, un peu ample, dans lequel je m'emmitouflai[1].

Louis m'attendait. J'avais l'air si désemparée, sans doute, que d'instinct il me serra contre lui, et je me mis à sangloter, sans retenue cette fois.

Il me dit qu'il était arrivé alors qu'ils me bourraient de coups de pieds. Que rien dans leur attitude ne manifestait « qu'ils m'eussent fait subir les derniers outrages ». J'appréciai aussi bien le subjonctif affecté que le poncif. L'un et l'autre déréalisaient les faits.

— Reposez-vous, dit-il.

Je m'effondrai sur le lit, et je m'endormis comme on meurt : dans la douleur et dans un puits sans fond.

*
* *

Je m'éveillai une seule fois, parce que dans mon cauchemar le même cagoulé grisonnant me cousait le vagin. La douleur des lèvres broyées par le coup de pied, sans doute.

Je me sentais moulue. Concassée — c'était le mot !

Sourire même me faisait mal.

Je me levai et bus un peu d'eau.

Et dodo, de nouveau.

*
* *

1. *Le peignoir, et tous les vêtements de Louis, étaient imprégnés de cette même odeur suave que je n'identifiai pas tout de suite. Il me dit, lorsque je le lui demandai, que c'était* Habit rouge. *Décidément, Guerlain ne me quittait pas.* (Note de F.)

Louis avait une cinquantaine d'années. Cinquante ans bien portés par un type qui se soignait.

Discrètement, mais exclusivement homosexuel.

— Pourquoi m'ont-ils lâchée, finalement ? demandai-je.

Il était six heures du soir. Presque un tour de cadran. *Tea time*. Tartines, *scones* et earl grey.

Je me sentais renaître.

— Je les connais, dit-il brièvement.

— Comment ?...

— Relations du matin...

— Chagrin, ajoutai-je.

Ça le fit sourire. Ce type était merveilleusement indulgent.

*
* *

Je restai cinq jours chez Louis. Jamais je ne me suis si bien entendue avec un homme.

Je lui dis tout de moi (qu'est-ce qu'il y avait à dire de si important, au fond ?).

Il m'encouragea à persister. « Cherchez, dit-il (il avait renoncé à me tutoyer malgré ma demande). La douleur physique n'est rien. C'est cette autre douleur ancienne... Un homme cagoulé, dites-vous ? Papa ? »

Il eut un rire bref. Il avait prononcé le mot avec un accent d'ironie terrible — sa vie à lui en deux syllabes.

Je secouai la tête — plus pour chasser l'idée que parce que je n'y croyais pas.

— Et cette Nathalie ! L'ascèse par la douleur, hein ! Le nirvana par le fouet ! Foutaises ! Elle a un compte à régler, et c'est tout, et c'est bien suffisant, mon Dieu... Mais quel compte ?

Je lui racontai ce que j'avais deviné des discours de sa mère et de sa sœur. Le mausolée. La mort de son père.

— Peut-être s'en croit-elle coupable, dit-il. Si c'est ça, c'est irrécupérable. On peut être très fort devant sa propre mort — enfin, on peut essayer —, mais on ne peut rien à la mort des autres. On ne peut pas l'accepter. Alors, quand en plus on s'en croit responsable…

Il me questionna enfin sur JP. Ce qu'il m'avait fait. Ce qu'il m'avait fait faire.

— C'est drôle, l'esprit humain, dit-il.

Il semblait ne parler que pour lui-même.

— Regardez. Il vous traite comme un garçon — ou peu s'en faut. Vous acceptez le rôle, mais en l'inversant, et vous devenez l'homme de votre Nathalie. Elle-même n'est jamais que le reflet féminisé de ce garçon que vous vous efforcez d'être — à propos, qu'est-ce qui vous interdit d'être une fille ? Et vous voilà toutes les deux entre femmes comme si vous étiez deux hommes. Simultanément, vous lui en voulez d'être une femme, car le garçon que vous êtes n'aime pas les femmes. Vous la torturez, elle ne sait plus qui elle est. Elle vous aime, mais vous n'êtes qu'un moyen, pour elle, de trouver la solution. Elle est la seule qui aime vraiment souffrir. Pas vous, je n'y crois pas.

Je lui racontai ce qui m'avait traversé l'esprit, sous le pont. L'extrême souffrance. Cette impression de mourir, et cette quasi-béatitude. Comme si j'avais percé le mur de la douleur. Comme si j'en avais trouvé l'origine. La séparation de mes parents. Cette voix de ma mère, un soir d'insultes à la maison, avant leur séparation — et moi qui tremblais de les entendre, réfugiée dans ma chambre :

« Qu'est-ce que tu as fait à la petite ? » Mais était-ce bien cette phrase que j'avais entendue[1] ?

Ma faute ? Les enfants ont toujours tendance à

---

1. Au début de sa carrière, Freud commença par croire les hystériques qui parlaient d'attouchements paternels. Puis son puritanisme viennois prit le dessus et il conclut finalement que ces scènes étaient fantasmées. Le plus drôle, ou le plus tragique, c'est que des milliers de psychanalystes ont depuis dû prendre pour des fantasmes ce qui étaient des récits d'événements réels. En ce qui concerne Florence, j'ai incidemment appris que l'homosexualité latente, mais inadmissible, de son père était devenue dans sa tête une aspiration à l'homosexualité masculine, invivable dans un corps de femme - d'où peut-être ce sentiment diffus de culpabilité qui s'extériorisait dans ces épiphanies de douleur.

s'accuser des errements des grands. A se reprocher d'être nés.

— Je trouve tout ça un peu simple, dis-je en conclusion.

— Bien sûr que ça l'est, nigaude. Est-ce une raison suffisante pour que ce soit faux ?

*
* *

Mes bleus se décomposaient harmonieusement. Un arc-en-ciel à épisodes.

Deux ou trois fois j'appelai mon répondeur. Il y avait des appels affectueux et inquiets de Nathalie. Comme à chaque fois que je l'interrogeais la bande reprenait au départ, je pouvais mieux cerner la montée de son angoisse, au fur et à mesure qu'elle déposait sur la machine des messages sans réponse. Le cinquième jour, j'embrassai Louis tendrement, serrai la patte à Wagner et rentrai chez moi.

J'avais eu le temps de trouver dans la pharmacie de sa chambre, un jour où j'avais épuisé un premier flacon d'eau oxygénée, des boîtes de Retrovir d'une éloquence terrible.

Antiquaire, homosexuel, séropositif... Le caractère stéréotypé de la situation n'ôtait rien à son aspect tragique. J'allais dire : au contraire. La tragédie au fond est pleine de stéréotypes. C'est le drame qui fait dans l'originalité.

Le deuxième jour il était revenu avec une petite robe rouge, assez moulante pour que je me plaise à nouveau, ras de cou, ras des poignets — assez camouflée pour que je ne me fasse plus peur. Et quelques menus brimborions

indispensables. « Je ne suis pas très familier de toute cette artillerie féminine », dit-il en s'excusant, tandis que je déballais les cadeaux enveloppés de papier-soie. Mais il ne s'était pas trompé — pas même sur la taille de bonnets de soutien-gorge.

C'était toutefois un peu léger pour la saison. Je profitai d'un jour plus beau pour rentrer. Adieu, Louis, je vous aime.

Rien au courrier.

Dans l'escalier, sans raison, j'eus le cœur qui battait plus vite.

Chapitre XIII

FÉVRIER, FIN

Je suis entrée, et tout de suite il y a eu l'odeur, cette odeur fade et ferreuse du sang. J'ai appelé : « Nathalie ? » Il y a eu la voix qui se réverbérait sur les murs, puis le silence. Toutes les lumières étaient allumées dans ma chambre. J'ai fait deux pas.

Combien de sang contient un corps humain ? Cinq litres ? Eh bien, le compte y était. Une flaque énorme cernait Nathalie, effondrée nue au milieu de la pièce, les cheveux pris dans le sang, le corps d'un bleu livide — exsangue.

Je me suis penchée sur elle en me tenant à la cloison, au-dessus de ce lac rouge. Elle avait les yeux clos, les lèvres entrouvertes sur ce demi-sourire que j'aimais tant et qui m'irritait tant. Comme si elle m'attendait, et avait voulu me faire bon accueil, et se moquer un peu de moi, aussi — son visage d'avant le premier baiser, car elle redevenait sérieuse dans l'amour. J'ai baissé la tête et je me suis vue en reflet dans la mare de sang.

Elle était morte à ma place. Et quelque chose en moi mourait avec elle — ce quelque chose qui me reliait aux horreurs de l'enfance et de ma prime adolescence. Elle s'était tuée parce qu'elle voulait que je vive — et moi qui me demandais encore, hier, si elle m'aimait ! Oh ! bien sûr, il y a toujours de l'égoïsme dans l'altruisme le plus pur : elle avait aussi aboli, en mourant, les monstres qui croupissaient, les douleurs impensables qu'elle tentait de conjurer dans le masochisme, sans arriver à s'illusionner sur cet amour de la souffrance qui ne pouvait pas être, qui n'est jamais une fin en soi.

Elle était allée bien plus loin que moi dans cette ascèse par le sexe à laquelle m'avait initiée JP. Plus loin que je n'irais jamais, puisque aussi bien elle y était allée pour moi. Son suicide ne me laissait qu'une seule issue — naître et être. Naître sans mère, être le ventre d'où je sors, être la queue qui a comblé ce ventre, sans père ni loi, sans mère ni foi.

Qu'avait-elle cherché à détruire ? La petite fille qui se croyait responsable de la mort de son père ? L'adolescente qui avait dû gérer l'alcoolisme de sa mère — et qui se reprochait pourtant de ne pas l'aimer assez ? Les passes à cent balles pour payer les études de sa sœur ? Heureux, heureux les orphelins de naissance, heureux les comptes déjà réglés, les culpabilités éteintes au berceau, les douleurs limitées à un seul cri primal…

Elle avait taillé dans la chair, coupé les muscles et les tendons. Les artères sont plus loin qu'on ne pense. Elle avait tailladé son bras gauche, et elle n'avait plus pu ressaisir le rasoir de cette main gauche pour se tailler le poignet droit — main morte, presque coupée, et l'éclat blanc et dur de l'os, maintenant que tout le sang avait coulé.

Echappé de ses doigts bleus, le rasoir brillait au milieu de la flaque, — comme un miroir narquois[1].

J'ai remarqué que la chaîne était allumée. Je devais plus tard découvrir qu'elle était morte en écoutant le *Requiem* de Mozart.

Mise en scène. Je lui en voulus confusément de s'être

---

1. Ce n'est qu'*a posteriori* que nous remarquâmes l'aspect insolite de ce suicide, où une gauchère était devenue droitière juste pour se donner la mort. Nous repensâmes alors à ce que Nathalie m'avait raconté, à ce que Clara avait dit à Florence des étranges relations de Nathalie, à ce que nous savions des sommes d'argent considérables que nous lui avions vues en main. Mais la police, sollicitée ou non, avait déjà, et fort vite, conclu au suicide. Ou bien Nathalie avait-elle voulu nous abandonner sur cette incertitude ?

donné ce ridicule...

Le christianisme a fait main basse sur la Faute et sur la Rédemption. Ce que j'avais pourtant là, devant moi, cette statue effondrée au milieu de ce manteau rouge, c'était une crucifixion laïque, le rachat des fautes les plus lourdes, celles que l'on n'a pas commises.

J'ai eu un vertige et je suis tombée à genoux, mes mains sont parties en avant dans le sang figé en surface, vitrifié — à genoux et mes yeux dans mes yeux.

Mon bras a plié, et j'ai glissé dans la flaque, à plat ventre. Le sang de Nathalie a imbibé ma robe rouge, plus froid que la froideur du carrelage blanc — cette chambre que j'avais voulue laboratoire était devenue abattoir. Le froid gluant qui me prend les seins, une main immense aux doigts diffus.

J'ai rampé jusqu'à elle, en sanglotant ou en hurlant, je ne sais plus, à travers ce lac de sang — une île de marbre aux yeux clos. Ses lèvres. Son cou. Ses seins. Mes lèvres sur ses lèvres entrouvertes, cette pulpe sans vie, sans sève. Mes yeux dans ses paupières mortes. Je l'ai serrée contre moi.

Beaucoup plus tard, j'ai retrouvé la force de me relever. Je suis allée à la salle de bains et j'ai voulu éviter mon reflet dans le miroir — rien à faire, mon visage bariolé de sang comme si je m'étais arraché des lambeaux de peau. Je me suis déshabillée, ma robe était d'une lourdeur terrible, je suis passée sous la douche sans même penser à régler la température de l'eau.

Je ne sais pas combien de temps l'eau froide a coulé sur moi. Je regardais les filaments rougeâtres glisser dans le siphon et l'eau passer du rouge au rosâtre, comme un nouveau-né qu'on rince pour la première fois, quand il est encore tout fripé, tout couvert de glaires sanglantes.

Je suis restée là un bon moment, ébétée. Et puis l'eau froide m'a peu à peu ramenée à la vie.

Je suis rentrée dans la chambre, et tout a été tout de suite plus facile. Téléphoner à un médecin que je connaissais — il saurait quoi faire. Passer un slip, un jean, un sweat. Je n'ai rien trouvé d'autre à me mettre que des escarpins bleus. Mes chaussures de tout à l'heure étaient imbibées de sang, et avaient laissé partout des empreintes rouges.

J'ai attendu en regardant Nathalie. Qui penserait qu'un corps puisse être si pâle — elle en paraissait presque luminescente. Par contraste les cicatrices sur ses fesses, sur son sexe rasé, ses hanches ou ses seins paraissaient plus marquées qu'une semaine auparavant, la dernière fois où je l'avais vue — nous avions plaisanté ensemble sur le fait que les marques semblaient s'effacer à chaque fois plus vite, et qu'il faudrait désormais que je frappe plus fort.

Plus fort !...

Les cicatrices des coups de rasoir, elles, étaient encore plus blanches.

Le mot me revint : palimpseste. Les traces de toutes nos furies remontaient à la surface.

Les anneaux d'or passés à son visage, à ses seins et à son sexe offert par sa pose de poupée brisée accrochaient la lumière violente des spots.

Le médecin n'a fait aucun commentaire. Il s'est surtout occupé de moi. Est-ce que ça irait ? J'ai dit que oui.

Et ça allait. Au fond, ça allait même très bien. Ce n'est pas tous les jours qu'on renaît à vingt ans. J'ai téléphoné à JP. Il n'était pas là. J'ai juste demandé au répondeur qu'il me rappelle. J'avais une voix calme, posée. Puis j'ai appelé chez Nathalie, sa mère n'était pas là, j'ai tout dit à Clara qui a cru bon d'éclater en sanglots. Cela m'a laissée parfaitement froide.

Détachée, plutôt. *Akèdia*, disaient les Grecs. L'indifférence au chagrin. J'avais le sentiment de me regarder tout à fait de l'extérieur.

(Quand j'y repense aujourd'hui, aujourd'hui que tous les mots dont je couvre mon deuil ne suffisent pas à l'effacer, je me dis que cette indifférence était aussi une solution de survie, dans l'instant. Un refus de tout mon être qui se donnait les apparences de la raison. Sa mort l'avait emportée, et me l'avait aussi collée au flanc, définitivement.)

Palimpseste, disais-je... Moi aussi j'étais cette somme

de cicatrices, et on n'efface pas les cicatrices sous de nouvelles balafres — non, les marques nouvelles font juste ressurgir les vieilles traces. Les cicatrices sont dans la tête, toutes. Et alors ? On n'efface pas la douleur avec de la douleur — ni avec des caresses, d'ailleurs. Il faut vivre avec, ne pas en faire toute une histoire. J'ai repensé à ces masochistes militantes que j'avais rencontrées, une fois, dans une boîte spécialisée. Des spécialistes du cuir, du fouet et des clous. Qui ne cherchaient pas plus loin que la première goutte de sang. Pauvres filles !

J'ai fini de répondre aux questions — et ça a duré et duré, parce que Nathalie était, comme on dit, connue des services de police... Je me suis efforcée de ne pas entendre les commentaires des flics et des brancardiers, *mezza voce*. Ils ont emporté le corps. Puis tout le monde est parti, en me laissant seule dans cette pièce piétinée d'empreintes. Avec au beau milieu cette flaque de sang figé où se devinait encore, en creux, la marque de son corps. Là était sa main. Là sa hanche. Quelques cheveux blonds étaient restés collés dans le sang.

Et comme je n'avais rien de mieux à faire, je me suis mise à faire le ménage.

Impression réalisée sur CAMERON
par BRODARD & TAUPIN
La Flèche
en mars 1996

Imprimé en France
N° d'impression : 6604N-5
Dépôt légal : avril 1996